全椒古籍叢書

金兆燕集

2

（清）金兆燕 撰

政協全椒縣委員會 編

國家圖書館出版社

第二册目録

（清）金兆燕　撰

國子先生全集四十三卷（棕亭古文鈔卷八至十，棕亭駢體文鈔八卷，棕亭詩鈔卷一至二）

清嘉慶十二年（1807）至道光十六年（1836）贈雲軒刻本

椶亭古文鈔卷之八

全椒　金兆燕　鍾越

陳母查太夫人五十壽序

在易兌下坎上其象爲節而聖人繫之曰苦節不可貞至六四則曰安節亨九五則曰甘節吉虞翻氏之言曰六四有應於初故安節亨九五得正居中故甘節吉自古厲志之儒獨行之士當其艱貞秉操於萬難自處之際風雨撼搖雷霆震虩幾幾有不克終日之勢而險阻既過萬象怡愉居之而彌安也味之而愈旨也緜緜延延丕承丕顯而無有極也乃知安於其苦必獲所甘聖

人非令人畏厭其苦而避之也太守體齋陳公旣治揚之明年政成俗美四境和樂維時太夫人年甫五十參佐僚屬舉酒爲慶體齋公拱而言曰吾母苦節之母也吾之爲吾母子也年甫六歲吾母以吾爲子而卽懼先君子之艱也年甫十九歲耳先君子大故之後吾母已誓以身殉吾祖母指吾而謂之曰汝知我以此兒爲汝子之意乎古人云撫孤難吾不欲汝爲其易者耳且汝止知殉夫之爲義而不知棄其夫之母與其孤之爲大不義也吾母迺强起食息上以承堂上歡下以鞠藐孤供甘脆延師資靡不自十指出憶吾八九歲時吾母與

吾共一篝燈以鍼黹伴夜讀天寒油凍燈熒熒縮如豆吾祖母聞吾讀書聲愈爽朗喜謂吾母曰是兒必能不負汝今日但恨吾不及見耳逮數年祖母老且病吾母於醫藥含斂諸大事竭力盡瘁哀毀之深感動鄰里數年之內營葬娶婦以一身獨力支持不假旁貸蓋勤儉其素性而經畫之才復足以濟之故自余成進士後官吏部者九年長安之地米珠薪桂而吾母以一歲廪祿撙節調劑賴以不匱居揚一載家政悉如在京邸時俸入之外一無沾潤而賓從僮僕食指近千各得其所願無歉至一切讞獄矜疑皆稟慈訓揚州之地舊俗侈靡

力諭以崇儉樸慎蓋藏爲務余小子之在內在外服官十餘年倖得藉手以告無過者皆吾母之訓也於是參佐僚屬共舉一觴而言曰太夫人生平苦節如此固宜其有今日之大榮而安享祿養以至遐齡爲天下後世之女士勸也昔王博讀書其母季姜爲之作表後以大年而致奇福內外冠冕百有餘人翟方進之母織屨長安及方進對侯爲相親見其富貴以德獲福益如桴鼓影響從此太夫人維祺之壽與公之官爵勛名日進無疆如川方至他日沙堤黃閣退食從容太夫人以八座起居疊膺

鸞誥瑤環瑜珥祥萃一門回憶終宵課讀一燈熒熒時，亦何異登岸而回視洪濤哉澤上有水之占其敬爲太夫人獻之是爲序

汪母陸太恭人七十壽序

古人養老於春故周禮曰春養耆老豳詩曰爲此春酒以介眉壽潘岳之賦閒居亦曰熙春寒往太夫人近周家固然則春日於養老爲宜而有家園以養其親者尤宜於春也歲在閼逢敦牂孟陬之下旬一日爲主政汪君茮谷母陸太恭人七十設帨之辰於時汪氏之別業九峯園中梅燦其英竹潤其翠石丈離立如九老之棃

顏鮐背拱揖而獻壽茱谷奉太恭人繡帔錦輿偕其弟姪輩周覽園亭斟春醪以饗食親串執友與茱谷綜理鹺務者謀所以侑康爵僉曰太恭人之懿行淑德可以備彤管之紀者吾儕更僕數之且不能盡今將陳金玉列鼎俎鳴笙鏞以爲太恭人壽而太恭人性厭奢綺非所樂也樗亭金子游宦於揚州者數十年爲茱谷唱酬好友知太恭人之壼德最悉索其文書之屏障俾里鄉一共榮觀而俱有則傚庶可以壽太恭人乎乃相與叅戶而以文爲請余曰諸君子知所以壽太恭人而未知太恭人之所以壽也君不見夫九峯之園乎園自茱谷

鄉人恬齋先生吟誦其中始名爲葭湄園僻處城南不與西北諸名勝相接面硯池之水枕古渡之橋蕭瑟寂歷人罕至焉自恬齋先生梟茱谷昆季培之護之一樹一石無使失所迨蓄極而彰

翠華屢幸其地榮錫今名遂爲廣陵園亭之冠迨今且十年矣使當日視爲河濱葭菼之地不甚愛惜委於榛蕪其能有今日之揚聲甚光勒崇名而表異寵也乎然則人惟能自貴其身而後天必思所以位置其身而不肯與泛泛者同類而一視太恭人之初備選於恬齋先生也矜莊而齋遬敏給而勤幹及其育茱谷愚谷諸君

而受

誥命之榮則愈謙抑而彔恭寬簡而慈和益終其身能兼周伯仁之母之才崔道固之母之德隱而必彰貞而能久殆與九峯之園有合撰者乎稱慶之後春日方長行看桃李之芳菲魚鳥之騰躍九十春光且與太恭人難老之算共緜緜而無竟也是爲序

汪閬洲七十壽序

昔先君子客嘉定之南翔與新安鮑君硯田同邸寓見其人至誠純樸作事有經緯遂與作忘年交硯田曰惜先生未見我表兄汪閬洲也余之母閬洲之姑余生五

日而母見背少小養於外家與閬洲如親手足閬洲甫
當弱冠時父兄俱客游在外家止祖父母與其母持家
閬洲年雖少而方嚴恬穆人咸以東南鄒魯中人待之
生徒甚衆脩脯所入供兩代菽水及病母藥餌外不以
一文入私槖母病時每旦夕誦金剛般若經以祈佛佑
病三載而愈咸以爲至誠所感云乾隆戊辰先君子作
休邑司訓休邑與歙相鄰比有事謁郡守則沿歙之西
南鄉以往常攜兆燕過槐塘欲求閬洲訂交而不可得
槐塘有汪洽聞者古君子也言閬洲之事甚悉曰閬洲
以頻年學俸不足餬口已作邗上之游爲救窮計其弟

名增琪者在邵伯鎮將與之謀而冀有所遇也乃前日有家書至知其弟以病歸留滯揚城逆旅中閬洲馳視之稱藥量水旦夜無少息而回念高堂千里外並無貲以寄甘旨既勞且憂更得寒疾兄弟對榻呻吟感動行路伊孝友其本性也先君子目兆燕曰汝識之此獨行傳中人也他日必求爲益友焉乾隆辛丑余自京職請急歸客邗上江鶴亭方伯家方伯羅珍羞作雅樂醉客於康山下滿堂賓客意氣炫然有一客處儕偶中靜默無語余問硯田硯田曰此余表兄汪閬洲也其子斗張迎養在此數年矣余回憶先君子之言一見而成莫逆

交甲辰正月閬洲之伯母年八十沒於揚閬洲與其妻泉諸子視湯藥及終治喪盡哀禮無豪髮憾人謂余曰閬洲前歲之請伯母來揚就養也人或以太夫人春秋高不宜遠涉獻疑而閬洲不應固請之來今觀於此則知其用心之苦也蓋閬洲之伯父客沒漢陽遺孤增琪未周歲太夫人守節撫孤至於成立比受室生子而增琪夫婦相繼亡太夫人復含淚撫孫乃未幾而孫又夭曰吾何以生爲哉吾當侍先人於地下矣遂誓不食閬洲跽而請曰姪婦方有娠脫生男當奉以爲後長房次子可以爲三房後三房次孫亦可以爲二房後也後純

生卽以爲增琪嗣孤寡纍纍惟閬洲是賴篤於孝友若閬洲者蓋難其人矣閬洲謂余曰我生平攻舉子業最久而未食其報今以吾第三子敍問業於君君其幸傳導之敍字黼平沈篤能文章英雋器也學三年幾獲雋矣其兄斗張欲其佽助以養老親也乃使之與賓幕中人有幹濟者游以練其識閬洲於是挈其眷以歸今三年矣巳酉正月斗張謂余曰吾父於月下澣慶七十吾兄弟皆不克歸里捧一觴以爲介念吾父一生孝友敦篤然諾不欺勤儉持身樂善不倦畢生訓誨門徒無一不本以誠敬迄今雖以

恩例得布政司經歷職誥贈兩代而粥粥然仍不改三家村學究時念生平竭力於祖塋祖祠及和婣睦族之事常爲兒輩訓君其善述吾將寄以爲屏障光焉余曰尊大人余數十年神交而不可得見者也今一别三年矣余老病難支不能爲他人作嫁逝將歸掩敝廬卜家食之吉暇或策蹇仍作新安之游與尊大人作高年雅會則今日數言不又可作將來之話具耶乃不辭而序之如此

夏寔原配黃孺人五十壽序

古者天子理陽教后妃理陰教乾坤之義若對待然乃

助天子以爲教者自司徒樂正而下以至鄭長閭胥皆有專職豈后妃深處宮闈獨有潛移默化之方使海內閨門一稟彤管之訓而無須設官分職相助爲理與蓋古者大夫士之妻無非淑女其夫能爲一邦子弟之師其妻卽能爲一邦子弟之妻之範綱舉目張身動影隨故不必專設女官而公宮宗室之教風行海內而無遺也六合夏君寔原攝其內子黃孺人司訓揚州郡學之四年揚城八士頌黃孺人之壼教者與寔原之政聲相埒余與寔原同官寮而寔原後至孺人與老妻如女兄弟每歲時令節老妻庀廚饌遣女奴逕孺人相過作內

集余署中有先君子之老妾暨余一妹二女一媳一吾友孤子之婦余妹及余長女各攜稚女一余次女攜一兒一女余媳攜一兒二女吾友孤子之婦攜女二婦孺十數人環伺客若屏障然孺人對十數人一一溫語慰問茝蘭佩帨之贈下至廚孃寵妾靡有不周老妻嘗謂余曰黃孺人今之鍾郝也孺人謂老妻曰吾夫之伯母吾之姑也吾夫五歲失恃雖有繼母實祖父母是依吾之姑謂吾夫之能勤其學而又鍾愛於吾也遂來議婚吾母歎曰奈繼母何吾父曰是何言與漢之翟方進晉之王祥無妻者與有孝婦盍有孝子是在吾女勉之耳

吾自歸夏氏後小產三大產二痧痘之症各一吾姑某太孺人調護之噢咻之竟忘爲姑之待媳直勝於母之待女夫何繼母之有哉故吾盡脫簪珥爲小郎娶婦不以累舅姑之懷姑沒後哭之目盡腫今十餘年來米鹽瑣屑獨力支持子女雖非己出而寒暑疾病刻刻在抱今吾臂不一握飯不一甌目終夜不交睫安得復有如吾姑者爲之調護而噢咻之乎言訖卽雙淚承睫老妻謂余曰黃孺人乃女中之曾閔也鍾與郝何足道哉余與寔原所遭之境同而老妻與孺人其性情局量又復相同揚之八士皆傳孺人之壼教謂其克爲一邦子弟

之妻之範余豈可無一言以著之女誡諸書之後哉爰於穉人五十設帨之辰奉一觴以爲祝而序之如此

六一泉記

凡物之顯晦莫不有其數或顯於當時晦於後世或顯於後世晦於當時或當時顯焉既而晦焉晦而復顯焉然吾安知其晦也非天之欲其久顯不沒而故爲是埋藏伏匿愛惜保護蓄之久而發其光者著耶滁之瑯玡醉翁亭側六一泉者卽玻瓈沼也而舊志以讓泉當之章衡云甘如醍醐瑩如玻瓈然滁人皆莫知其所後縣令魏公峴游泉上見一石沒沼中隱隱有文曳而上乃

玻瓈沼三字因知六一泉卽玻瓈沼云石以沈沒得全字畫分明古拙可愛使此石不沈於沼中人皆知之則當時顯矣而或者銷泐於風雷雨雪剝蝕於薄蘚蝸蟲磨滅於搨工好事者之手後之人欲求所謂玻瓈沼者於何考之歐陽公嘗云庶子泉昔爲流谿今山僧塡爲平地起屋其上問其泉則指一大井曰此庶子泉也使向者無此片石有問玻瓈沼者必指讓泉而告之曰此玻瓈沼矣然則石之沈沒於水而人莫知其所者安知非天之欲其久顯不沒而故爲是埋藏伏匿愛惜保護若之久而發其光者耶嗚呼獨斯泉也與哉

吳母程太孺人貞節記

吳蘭穉𢇲芍兄弟造我請曰吾母苦節三十年鞠兩不肖以至於成立今年六十矣兩不肖困守一編跧伏里巷不能取青紫祿養其親邀當世士大夫之譽懼吾母之淑德懿行不彰於後世也吾子幸據其顛末備記之我兩人將莊誦於老母之側而侑一觴焉余曰吾自入新安即聞歙有程華仲先生著新安女行錄貞操奇節靡不悉載授其女女能背誦之是非太孺人乎兩君肅然而起曰是也又聞歙有吳承翼先生刲股以療祖母疾夫妻皆稱純孝是非子之先君子與太孺人乎兩君

黯然以思曰是也又聞歙有苦節母夫亡後家徒四壁立上養衰翁下育兩孤喪葬婚娶無不取資於女紅鍼黹教其子有不率必加夏楚且慟哭於亡夫之靈以冀其子之哀而奮也是非太孺人之生平人人所傳道者乎兩君潸然掩袂而相顧曰誠是也斯言盡之矣聞之禮有曰寡婦之子非有見焉弗與爲友葢誠有見於母教之難能而重勉人孤以立德也吾於歙得友三人焉藺穭洪芍外則有方東荄東荄亦僅有老母而與二吳居爲鄰余往來兩家笑語竟日非道義之言不敢出諸口葢兩家之母於其子之客至必遣人覘其行止言論

以卜其賢否其庸鄙無行者屏勿許入余嘗雪暮抵二吳宅藺穉他出鉷芍方擁敝裘讀書燈熒熒出戸外相見歡甚沽酒對酌炙至味甚美余訝曰空山寒夜安所得此鉷芍曰此儲以供老母者嘉客至分其半以爲餉勿哂其不豐而吐之也余曰此孝子之饌慈母之餕餘敢不飽與再拜食之而盡又嘗宿東萊舍秋夜將半月照四山如畫與東萊攜手出步叩吳氏門鉷芍啓扉甚速余笑曰斷君淸夢得無恚我鉷芍曰吾兒客游獨吾一人侍老母側老母尚於燈下課諸孫夜讀督家人舂明日糧吾敢獨先寢與藺穉之游豫章也道過休邑謁

家大人於官署視其目睫隱隱有餘淚當食不肯下箸詢之曰晨與老母别不能相舍老母念我今日必不午餐也坐客皆爲之輟箸欷歔者久之⿰彳共芍館於堨田隔一溪與家相望蘭穋館於梅村離家三里而近余與蘭穋飲於梅村之館欲留共宿固不可曰今夕未奉母命斷不敢宿外舍其兄弟之事其母者如此則太孺人之教其子者可知矣夫節母之於子不難於慈而難於嚴婦人舐犢之愛本易姑息又重以煢煢孤露惟恐不永其天年則篤於愛而疏於教者有之卒至終身惰廢無所成就隳其家聲者比比然也今蘭穋⿰彳共芍操行純潔

於書無所不讀詩古文辭直與古人爲曹偶聲名籍甚而太孺人加意督責如童丱時不少寬辛未春鑾輿南幸選宿學能文者試行在蘭穭絭苟竝入彀聖眷優渥繒紵絫表賚自內府兄弟各捧天子所賜物陳於太孺人堂上太孺人召而訓之曰自汝父棄汝時汝兩人大者始九歲小者始六歲吾惴惴焉以兩人之不克保其朝夕是懼今皆得納婦且抱子矣回憶昔日忽忽已三十年三十年中艱難萬狀吾與

汝二人備嘗之今老身已蒙
朝廷恩旌其閭汝兩人又受
聖天子特達之知俱叨異數此皆汝父德孝之報而汝
祖若宗所默佑之者自今以往汝兩人能致身
清時則出其所學上報
國家即不然終老敝廬而束修之入可以供菽水娛我
暮年人品文章必期式於今而傳於後有子若此吾即
可以下報汝父於九原而不愧如其躁進干榮苟且以
圖富貴雖五鼎以供我老人有食不下咽耳不願汝有
此也薗稽首頓首於階下曰小子謹識吾母之訓不

敢忘噫斯言也匪獨藺穆鉷芍不敢忘我輩皆當敬佩之不可忘也故茲記之以復二君之請

汪晴嵓春風晴雪圖記

余昔官揚州時底山吳子時相過從迨後客於此或數年必一見戊申正月快雪時晴几席間半有春氣底山持一圖來謁索余爲記余諦視之曰高峯右偏側身西望目營心醉浩然與天地爲春者非子也耶其餘皆不之識也底山曰此汪子晴嵓之春風晴雪圖也側步嵓間自梅花中出者爲芮君春亭蒼顏白髮東睇高松而春在眉宇者爲汪叟天盆與叟茲立粹然恬然若芳蘭

之竟體者則晴嵓也踏雪下山者汪君翠衍自松間出迎之而對語者汪君咸中余五人者皆晴嵓朝夕講貫之人而相與以成其德者也兆燕閱之而有感焉大地之中同此春風同此晴雪富貴中人以擾攘失之貧賤中人以抑鬱失之今六君子者登高臨深俛仰自得造物化機共相領會春風沂水之樂即於此焉見之金谷蘭亭不足喻也抑余更有進焉晴嵓於圖中年最少而師事友事者皆能以融和之景物薰陶其性情將見齒長德成出爲世用而膏澤之及物皆諸君子相與以有成也余雖老尚能援筆記之

杞菊廬記

古人專攻其業不懈而造於神則其精力之所感召雖天地不得以靳之如橘之有井杏之有林其利益於人若有鬼神陰相之者非所以私便一身之圖也松莊薛君以醫名吳下者數十年活人無算年六十有穹窿山道人以杞菊餉之適滇南太守張公少儀於萬里外遙寄一畫軸爲壽則杞菊圖也薛君異之爰闢其所居春雨樓之東偏而別爲一室名之曰杞菊廬後數年余至姑蘇遂因其友人翁君東如索余記之余維杞之爲物見於詩鞠之爲物見於大戴之記李氏本草則以此二

物爲輕身導氣延年益壽之上藥松莊之名其廬豈以蓬萊之村酈泉之谷自私其身已哉莊周氏曰天地一蘧廬也

聖王在上調八風順四時民無夭札物無疵癘則埏紘之内恢恢一杞菊之廬矣吾知松莊之所志者大也洪範之五福以壽爲先而孔子之論壽必歸之仁者夫醫仁術也松莊操是術而擴充之則壽身者在是壽世者亦在是若必效天隨子之宅而種之蒔之僅食其實而餐其英焉則不苐爲董奉蘇躭之所竊笑而亦豈山人與太守殷勤相貺之意哉是爲記

枳籬記

枳芬木也橘逾淮則爲之芳馥蘊於內芒刺周於外其秉君子之德而善爲周身之防者與故立身之道譬諸撻六枳而爲籬也籬之爲物有所捍於外而無所壅於內君子處世當如是矣德枳維大人大人枳維公公枳維卿卿枳維大夫大夫枳維士國枳維都都枳維邑邑枳維家家枳維欲無疆古人之重上下相維遞爲藩蔽如此嗚呼豈不愼哉自昔有國有家者大抵豐其屋蔀其家而不能植其樊援內不見外外不衞內其埶不可終日矣江君訒菴綿渾中有枳籬焉屬余爲記因書以

遺之

道光歲次丙申孫珉謹編次

曾孫疇

醍校字

棕亭古文鈔卷之九

全椒　金兆燕　鍾越

鮑竹溪同老圖記

詩之詠杕杜也一則曰不如我同父再則曰不如我同姓禮曰五世袒免殺同姓也夫一人之身初分之則爲兄弟分之又分以至於十世百世派衍支繁而得姓則一猶之乎兄弟也余三十年前隨宦新安與歙縣潛虬山下之鮑秀才薇省交薇省爲余言其先世棠樾村時瑩公有宗老之會常欲倣而行之余韙其言卒未果也後讀李空同集所以記棠樾宗老之會者甚詳尤心慕

之乾隆癸卯正月之初揚州程明經中之持鮑竹溪先生同老會圖索余爲記竹溪棠樾人即時瑩公之裔也余昔不獲至棠樾一識竹溪今得披是圖如與竹溪作對面談且全識圖中諸老焉嗚呼盛矣今之人聯聲氣侈結納每言四海之內皆兄弟而其聚族之人或交臂不能道其名字甚有摩錢煮豆令人起尺布斗粟之歎者抑又何也聞竹溪之風其亦可以少愧矣余客游三十餘年故里疎曠少年時釣游侶伴邈若山河每誦東坡瑞草橋瓜子炒豆之語輒爲心怦怦動逝將掉臂入山與樵漁兄弟相問答不知齒相埒者尚有幾人倘能

效先生之風亦繪之以問世則余之厚幸也夫

南樓眺月圖記

徐州太守牛公治績既成訟庭無事時與幕下諸賓或臨池揮翰或坐花賦詩或分曹校射一時勝引名流無不麇集暇日命畫工各貌其像爲南樓眺月圖屬海内文人吟詠其事圖中樓前左柱偉貌英姿倚闌挺立者太守公也右偏一老鶴髮蒼顏者會心陳君也扶杖樓前且迎且顧者斂齋徐君也手執桂枝露頂凭欄者南珍金子也月窗右檻手持佛手者有所思者補山洗君也左側並立倚薄窗間者淨意陳君也却立西偏手拍

陳君之肩者菱溪葛子也花間緩步攜琴持璧而來者恕堂蔡君也樓前皎月在天與紗籠燭輝相映桂香藹豔滃鬱露氣中階下之桐牆畔之蕉颯颯有秋聲入耳殆酒罷歌闌三更夜静時也古人一時歡讌遂慨然有千古之懷蘭亭之會西園之集至今披其圖如見其人徐爲南北之衝河流環抱畚鍤紛總俗悍民疲使非平日經畫裕如奠斯民於衽席則太守與諸君子又安能乘此良夜長嘯花月之間哉昔坡公待客於黃樓之上謂自太白後世無此樂已三百年使當日以吹笛飲酒乘月而歸之景象繪圖而傳於世則後之人定當於桓

山泗水間如將過之余知攬斯圖者旣以考公之治績而兼欲一一識諸君子之姓名也因覼縷而爲之記

洪鑄先先生畫像記

世人讀老子之書不得其用意之所在逐響尋聲無不以老氏爲道於虛淪於無而無所事於天下者是大不然老子之志猶孔子之志也周衰禮廢上下僭竊文武之舊章蕩然無存是時學古之士稍知先王之道者靡不盡然傷之而老氏者世爲史官以其身繫斯道之存亡而不克一展其用不得已而投其身於遐荒絕漠之地以冀其少有設施而存斯文之一綫故其出關而西

也卽吾夫子浮海居夷之心而五千言中有所不忍道者其徒莊周列禦冦之倫皆未足以窺其隱也吾故曰以天下爲心而汲汲於行其道者孔子而外惟老子耳

揚州洪鑄先先生抱負偉重於書無所不窺年旣衰鍵戶却掃日吟玩自適非平生厚德之交罕見其面人以先生孤迴離羣有謂其絕物而立者有羨其守雌以老者余以爲皆未知先生者也先生少時攻舉子業與其兄發聲里閭一時有二洪之目後其兄取高第歷仕宦而先生卒老於場屋然黌塾之士讀先生之文得其津筏而獲雋以去者蓋踵相接也先生豈無志於世者哉

歲庚辰先生之子錫疇成進士先生曰是區區者而不足弃予固知予之命不足以行予之所學也兆燕與先生之子爲深友而先生引爲忘年交一日與先生語次及老子之書而因以平日之論老子者質之先生先生曰有是哉子之見與我同也我常慕老子之爲人而因以我之貌貌老子出關之貌子知我且知老子者其爲我記之余笑曰先生其以兆燕爲徐甲也已

重修節巖琇禪師塔院記

記有云古不修墓釋之塔儒之墓也不修云者言葬之至慎無待於修云爾至於瓢甓之剝落屋宇之傾頹有

不得不倣而改作者此孝子仁人之用心儒與釋無二道也節巖琇公以西蜀儒家子童眞出家四方参學晚得忞公指示大振宗風最後住揚州之救生寺世壽六十七而般涅槃其時康熙丙戌之八月一日也距今乾隆甲辰蓋八十餘臘矣塔院在西廊之西壁外歲久不治掃塔者盡然心惻後竹溪和尚主方丈位大新寺宇筠谷和尚繼之益爲葺構獨節祖塔院日益墜壞筠谷慨然謂其本支伯叔兄弟曰是不可以謀之婆羅門優婆塞也吾輩子孫忍坐視乎乃鳩集諸法嗣得銀若干兩重修寶塔覆以高甍於甲辰八月一日落成是日也

鳴大法螺震大法鼓僧俗麕集香花圍繞心出家人全椒金兆燕目擊其盛合十讚歎曰善哉善哉琇公見性歸空視此塔如已陳芻狗而子若孫嗣其法必護其塔卽此見有因有果其理彰彰今世之人生爲流隸死爲轉屍其身不知其祖父之邱墓而委骨之地其子孫亦不之知餓鬼寒林充塞殆遍其甚者惑於青烏家言欲以父母之遺骸津其子孫之利祿蓄哀不葬日久歲深至楄柎腐爛而不可舉抑或數葬數遷使枯骼無甯晷是不第吾儒之罪人亦釋氏之所謂入地獄如箭者也余嘉鈞谷之事而益歎琇公之法能流衍於無窮因爲

之記以示之貞石其輸資之嗣皆載其名於碑陰

金粟庵碑記

出安江門循中埂右轉迤邐而下過古渡橋北行而西渡畧彴循埽垢山腳西行壚墓間望叢灌之中竹籬環繞數百畝藏精舍一區則金粟庵也余與庵主竹溪大和尚結方外之交者二十年後竹溪主寶筏寺方丈余亦自揚州遷國子博士以去乾隆辛丑秋請急南歸復客揚州則竹溪巳罷講仍居庵中習禪養老泊然無營余有句贈之云我巳休官君退院白雲深處兩閒人蓋紀實也一日竹溪謂余曰老僧精力盡於此庵恐後世

子孫不知緣起及諸檀越布金願力而不思所以守之也及今其爲我記之余笑謂之曰浮屠不三宿桑下師尙未能放下著耶試姑爲我言之竹溪曰庵本楊姓夫婦出家之地其時止草舍三間奉觀音大士後有張居士仙洲者病危惙夢大士教以方疾遂愈愈後又夢大士謂之曰吾住竹門內茅屋中不蔽風雨子其圖之一日至南郭外有老夫婦二人倚竹扉持觀音咒憬然有悟入其室則大士像卽夢中所見者乃改易棟宇新厥居焉楊氏夫婦歿後延先師祖某公泉先師某和尙居之逍老僧相繼住持之日而大檀張居士蔚彤芳貽泉

芳貽之子敬業相次施金不異須達長者今之曲房連簃修亭爽樹冬燠而夏凊使往來人士徜徉於桂馨梅馥之中而談笑終日者皆諸居士之力而老僧辛苦以締構者也余聞之而有感焉書曰若考作室既底法厥子乃弗肯堂矧肯構詩曰如竹苞矣如松茂矣兄及弟矣式相好矣無相猶矣夫古人作一室而必計及其子孫且及其子孫之兄弟誠慮之周而欲其久而不替也而況以道相傳者耶夫七佛五宗密授心印獨臨濟子孫至今蕃衍語云挈瓶之智手不假器亦謂其能守焉耳竹溪以創爲守後世即以守爲創可乎竹溪名祖道

姓范氏文正公之裔也故其志趣猶有施貧活族之遺意云諸檀越施金及置買田畝之數載諸碑陰俾後之人有所考焉是爲記

重建泰州樊川鎮水陸寺記

如來以無邊身常樂我淨四大充滿盡虛空際隨應說法舍衛國祇陀園皆不足爲立腳地況肯三宿桑下哉顧有學無學人新發意熏習四禪求得須陀洹阿斯含以至阿耨多羅三藐三菩提果則非廣集善友勤修白業盡面壁之功老老大大終無住處故自榆欓經來之後寶坊初地遍南贍部洲而洛陽伽藍處處皆堪紀述

也泰州樊川鎮水陸寺創建唐代歷宋元明興替迭更不啻千萬刼我
朝康熙二年曾一修葺然寶殿傾頹金容剝落飯僧田畝為一闡提蕩廢殆盡乾隆六年松眞和尚為各鎮檀越延主方丈乃造東西兩樓贖歸田七十餘畝後其徒樂也老人又贖歸田三十餘畝至是而時節因緣不期而至二十三年樂也示寂傳法振正深觀三昧大振門風至二十八年本鎮樊氏長者有子曰某今佛名某發心出家行頭陀行具六波羅蜜乞貧乞富日食一廝所募金錢積之鉅筩不數年而寺宇重建趺光重新開堂

傳戒望旛幢而來集者百數十人嗚呼可謂盛矣從此四方學者入不二門證無生忍得煖法頂法住不可思議解脫皆於是乎在可無一言以記之與寺爲基若干畝屋若干間講法之堂香積之廚湢室淵軒井井皆具塔院壙塋地若干畝高下水田共一百零八畝後之繼者雖不能增廣之亦當謹護持之我佛天眼是證是鑒勿使罡風吹墮羅刹善哉善哉

崔鳴岡施建隆寺菜田記

浮屠之法待食於人故托盋沿門乞貧乞富惟一飯之是急鮭菜飯之輔也自薙染守木叉後凡鳥獸蟲魚之

味不得入口一疏一麥而外惟纏齒之羊供下箸耳故農圃並稱饑饉同慮菜之爲功實大泰州崔君名岐字鳴岡信善樂道今之檀波羅蜜也偶至郡城過建隆寺見僧衆午食惟飯一盂鹽數顆喟然歎曰富人厭膏粱貧士飽藜藿此纍纍者並菜羹不具乎寺主夢因和尚起而謂之曰運水擔糞頭陀之職非僧惰也無地奈何崔君曰吾將爲諸僧謀之適寺東有焦姓菜田二十畝求售崔君遂購以施寺爲常住伊蒲之供於是上堂僧衆皆得捽茹斷虀段食無缺一日蕪城外史與和尚出寺觀菜田青潤滿目曰是不第足供齋廚亦可助詩興

也但不知何處得此禪味耳和尚曰吾將以百歲羹澆二紅飯爲獻肯飽此乎余曰是足以滌我塵土腸胃矣飯罷無事乃援筆作記以貽之乾隆甲午秋日

慧因寺募化齋糧疏 代

自昔舍衛之國羅筏之城次第經行不辭循乞蓋學佛原非求食而忍饑實難誦經故應器隨身不能無待於長者之檀波羅蜜也慧因叢林爲

輦路豫游之第一境界城闉清梵四境皆聞日夕挂單著倍於他所今値歉歲不登大衆束腹福先忝爲上首惻然憫之然坐釘關擘竹柝者實繁有徒增上慢耳豈

值拈花一笑哉聊敷數語告諸能仁如不嫌饒舌寒山請大家書一貞字乾隆乙未季秋謹疏

郭定水道士募造舟啟

蠲去邪累澡雪心神即吾儒存養之功而釋家入不二門之法也定水仙翁棄官學道棲終南山五十年乾隆戊申年一百二十四矣與余見於揚州矍鑠其貌醇粹其容日行數十里談笑至夜分不倦叩其所得曰余惟無妄念而已今將造一舟游戲江湖以自適濟川作楫吾輩之任也布帆之贈諸君子其有意乎

修萬松渡啟

輿梁徒杠古之制也皆水道衝衢舸艦往來之地則橋不可建仍需乎舟渡矣揚州萬松渡者汪氏萬松主人之所建也當日汪上章翁既建萬松亭於平山堂側因自號曰萬松主人一日欲詣運河之南而糧漕正擁上下之舟不絕粥渡者索直居奇且多欹側傾危之患乃另設此渡邑人稱之爲萬松渡云萬松主人歿後此渡無人照料船隻日壞馬頭漸傾過之者蒿目趑趄焉本坊居民不忍坐視乃鳩工庀材以續修之馬頭祳以大石渡船易以堅木操舟者必選好手但慮工程浩大非一人之力所克勝也特設募簿抄化以藏其功諸君子

往來此渡者各發善心克襄盛舉則萬松主人之功緜延不㪣亦當爲禽息之陰慶也已

吳穀人竹西歌吹跋

余游宦揚州二十餘年往來朋簪大率以長短句爲酬答然不自收拾隨手散去下里巴人雖數千人和之不足貴也穀人太史竹西歌吹一帙半係昔年賡唱之作長安秋雨寂寞苦牀欹枕讀之覺酒醱香濃忽忽如前日事潞汶至江淮風帆僅匝月耳迴首歡場固非竹林之寺桃花之源不可再到者逝將布韈青鞋放浪於四橋煙雨之際想李漢老玉堂清夢定猶在疎籬茅屋間

也庚子秋日書於都門邸舍

方瀫泉游草跋

今年秋瀫泉自西江乘舟過彭蠡赴金陵應省試湖中候風三日張帆後不三日遂達白下舟中居未浹日得賦一篇文一篇往體今體詩共六首唐人覓舉多以其行卷所弄求知已於公卿間故顧雲以鳳策聯華獲譽而王維亦襃其生平得意之作邀貴主品藻然後以解頭登第文章至此可謂不幸瀫泉以淩厲一世之才自寫胷臆烟波雲濤中高吟酣叫自足陶峴之樂竝不求有賞識袁宏者余不見瀫泉十五年而詩筆益工意氣

益豪古人謂虎氣必騰上今其時矣戊子中元日

跋吳岑華先生集後

右溪上草堂集幾卷賦幾首古今體詩共若干首詩餘若干首刻於乾隆丙子仲春越三月工竣於時距先生之歸道山已七年矣兆燕自幼好爲韻語每侍家大人與先生談竊聽不倦後先生被薦入都閒隔數載已未歸里獨引余相唱酬辛酉冬計偕北上乙丑登第官西曹余亦以從宦新安不復相聚中間祗戊辰春在都下己巳春在里門暫一合併而先生遂於庚午夏捐館舍閒易簀時持是編囑其老僕留以付余余亟索而藏之

數年來入吳入楚入燕無日不攜之行篋每於孤館昏燈篷窗明月之下展誦一過輒爲失聲凡遇海內名流與先生或相知或不相知靡不取而共讀有爲之長喟欷歔者蓋誠知先生之才而悲其命也昔先生病中余寄書促其哀討授梓先生答以棲心白業萬念灰冷副墨名山無非泡幻余甚懼吉光片羽不能復留人間乃撒手之餘猶以是爲惓惓而託之小子是知生天慧業歷刼不銷固有未能與過眼煙雲一齊放下者矣是書處余篋凡數載今其嗣子克讀父書傳之不朽心燈未熄先生於此其淩雲一笑也乎先生古文及駢體無一

不工而遺稾近多散佚茲以余所藏得完昔人云千秋萬歲名寂寞身後事洵可嘅已

北墅山人集跋

兆燕二十年前隨先君子入新安往來歙之巖鎮得楞香先生梅莊詩讀之竝求所謂梅莊者與同人觴詠其下吸松泉倚娑羅樹想見先生宦成歸養之樂嘗與松原二鮑兩吳君作梅莊雜詠以紀之數年來於揚州得交吳君廷耀詢知其爲梅莊後人益相敬重一日廷耀過余雀躍大喜曰司成公全集之版至揚州矣又憮然淚下曰非我好友幾使我負疚地下余聞其言錯愕不

可解詢之則知此集與其家乘之版已爲族中人攜至姑蘇鬻於坊賈而徐君友竹代爲轉購以歸也少陵云千秋萬歲名寂寞身後事故波間之瓢草裏之冢達者直視爲委蜕物然取精多用物宏必有足以自永之道而不隨刼運爲乘除者先生之集將失而復得而轉獲賢子孫保護而流傳之吾知先生之精爽必有與是集以俱存者也廷耀讀書識大義交友有古人風其三子皆英儁物公侯之子孫必復其始則先生其有以默相之與

戴蕁浦詩集跋

余弱冠時與京口詩人鮑步江訂文字交爲余言其里中風雅之士以尊浦戴君爲稱首余心儀之歲丁卯余舉於鄉尊浦亦雋京兆試乃數十年同年之友而聞聲相思獨無緣一識其面今年春余以國子博士來官京師同年生官

輦下者爲獻歲之集則尊浦白髮酡顏昂然上座蓋年已近七十矣方且需次銓曹將以銅墨之職自試余見而壯之次日囊其生平所作詩數千首以示余且曰余之詩就正於海內名宿者衆矣其賞析訶潤實獲我心者頗有其人然聞子素有道誼多聞之譽試爲我爬羅

而搜剔之雖引繩批根勿惜也余受而讀之凡五旬而卒業余與蕁浦甫定交乃讀其全詩如朝夕周旋數十載者蓋蕁浦讀書多聞道早雖奔走四方而不爲媕娿之態以諧俗故其詩皆敦厚質實必力追古作者而後已三復讀之益信步江之非妄歎也憶三十年前初來京師九衢聯袂之友如雲如虹余亦壯年盛氣淩轢其間乃不轉瞚而落落晨星半爲異物今仍得與蕁浦一燈相對樽酒論文不可謂非厚幸也他日蕁浦以其所學得一邑而小試之絃歌之化樂觀厥成山川風俗譜入聲詩者必非俗吏之所能爲而余一官落拓萬事灰

冷廢棄筆硯垂二十年齒落面皺無一字可質知己則眞所謂朧朣支離匠石之所不顧者已爰率臆縱書以殿其後而復於蕁浦蕁浦其亦有感於余言也夫

夢因上人詩集跋

唐之詩僧不下百餘人惟杼山集高提羣言不傍他人門戶故其時有晝之晝能清秀之語夫清在神秀在骨非但有蔬筍氣便可冒爲之也二十年前初與夢因定交卽舉此語以證於史君茗湄茗湄深然余言因謂今日詩僧可當清秀之目者惟夢因上人一人而已夢因爲人恬雅蘊藉蓋以韻勝者其神清故無塵雜之念其

骨秀故無鈍筆之態讀其詩如見其人也昔朱放張繼皇甫曾諸人與靈一爲塵外友自夢因示寂後余遂無塵外友矣悲夫

道光歲次丙申孫珉謹編次

曾孫醻

醍棪字

棕亭古文鈔卷之十

全椒 金兆燕 鍾越

程竹坦聽清閣小草跋

余與竹坦訂莫逆交數年竹坦擅吟壇重譽所作古今體詩數千首今偶錄近作數篇鐫爲小幅或有怪其太少者余曰買菜乎求益也吉光片羽威鳳一毛全體見焉古人隻字之工半語之雋卓絕千古正不在多爲贅語效詅癡符耳張爲主客圖以白居易爲廣大教化主賞其工非羨其卷帙之富也他日竹坦全集出必有以雞林遠購者靈蛇之珠大不盈握君亦試觀其光彩可

矣

汪秀峯印譜跋

昔人謂讀書須先識字余謂識字須先識篆書篆書既明則上泝之可以窮源下沿之可以匯流而譌書俗字不得入其胷臆矣古人教數與方名以爲小學今之所謂六體八體大小篆書卽古之方名也古人童而習之今人黑白紛如也可乎三代之世去今二千餘年其器物之僅留者千萬中不得一二獨其同文之書傳之至今如親與古人接其面目而鐘鼎尊彝亦藉以爲甄辨之據而得其眞贋篆書之所係顧不重哉秀峯先生來

游揚州一襆一笥蕭然如窶旅人而秦漢印章數百皆襲以古錦列置几案間客有過之者即出以相質一鈕一鈕辨之必精考之必確口吟諷而手摩挲朝夕不輟嘗謂余曰昔人錢馬皆有癖吾惟癖此冷銅數片耳余笑曰子殆將以說文癖匹左傳癖乎別後寄印譜諈諉作跋因述其語以歸之

慶芝堂詩集跋

余自癸酉春自楚入燕至甲戌秋始歸里舊侶相見備詢游歷余曰吾此行有三得泝九江得見廬山道經齊魯得見泰山居都下得見遂東戴遂堂先生然亦有三

憾過廬山而未觀瀑布過泰山而未登日觀見先生而未獲讀其全集盡聞其緒論也蓋余自童時即聞北地有所謂遼東三老者一爲李徵君眉山一爲陳布衣石間其一則先生也私心嚮往每於友人之自北來者或傳其零章斷句必珍重省錄藏之篋衍甲戌落第後客居甚歡求所謂三老之蹤跡而物色之有知之者曰眉山石間已棄人間世惟遂堂巋然獨存余亟訪謁一見如平生歡互出其所作以相質不作一面諛語未幾先生就養於其猶子藍輝明府儀徵官署余亦匆匆南歸丙子春客杭州遇先生於吳山之麓執手大快遂相與

俱歸江北酉館眞州共數晨夕者半載一日盡出其生平所作以示余余讀之旬日而卒業躍然喜復爽然自失如河伯之見海若望洋而歎也如聞張樂洞庭之野滿谷滿阬而守神塗郤也余夙昔愛南朱北王之作奉爲圭臬厥後聞趙秋谷貪多愛好之論始稍稍厭去之將爲泝流尋源之學而風塵奔走日不暇給今讀先生詩乃知返虛入渾自有境地從前之紛紛耳食盡成土苴矣先生詩上自漢魏下逮初盛唐諸大家皆擷精取液如金入冶而鎔鑄之不肯稍降一格以徇時目而於贈離賦別感生傷死之際尤纏緜悱惻委曲動人蓋其

性情眞摯有流露於不自知者兆燕辱先生知己之愛爲忘年交故不揣檮昧敬綴數語於簡末憶昔初見先生時問江南名士余以鮑海門對先生曰吾神交此人久矣因示以懷海門詩且備詢其游歷居處後來江南遂與成莫逆契余族叔麟洲訪詩學於先生先生館之幸舍歿而爲之殯殮哭之甚哀余所交海內名流殆遍而愛才好士未見有如先生者雅材百五而谷風伐木詩八三致意焉後之讀先生詩者其亦知所興起也夫

書王汝嘉汝璧詩文稾後

周禮本俗有六而兄弟師儒朋友皆曰聯聯者同道同

術不徒形氣之謂也王君昆季自蜀中數千里泛舟而下由楚而吳而越凡風景之變幻江山之奇麗川涂寒燠之異宜見諸嘯詠者若壎篪之迭奏焉昔李氏集名花萼竇氏集名連珠古人每豔稱之然一門之中人人有集者獨推王氏今兩君以兄弟爲師友騰光飛聲必有駕五之三少而上者王孫公子其不鏤而自雕與聞王君昔年嘗萍居含山含山去吾邑僅百里乃絕未相聞今年秋同客揚州始克讀其文而願交其人遠求騏驥不知近在東鄰余滋恧矣

秦西巗西湖雜詠詩跋

昔人於里居之地綜覈見聞抒其才藻不難震動耳目如竹垞檢討之鴛湖櫂歌驚倒一世至今稱爲絕唱然此特莊舄之越吟耳若行李經過之地愛其景光覽爲留滯雖有雅材不暇排纂矣西壧先生客武林不浹日而西湖雜詠之作至三十首徵引賅博有朝夕湖上之人所不及知者信乎胷中有萬卷書乃可足下行萬里路也

答汪艾塘書

辱足下不棄執弟子禮欲問途老馬僕衰聵荒落安能有所裨益然念與尊公結文字之契者數十年而溘然

先逝能不玉成佳器以慰下泉竊以讀書之道窮經爲本詞章爲末立身之道孝弟爲本才華爲末狂瞽之談且作乘韋之先以後有所譔著寄來評閱可也

黄鈍壽獨立圖說

管子曰去欲則宣宣則靜靜則精精則獨獨則明明則神矣鈍壽先生以幹局之才游諸侯間無時不與人共處而自寫其照曰獨立於此可以知先生之抱也夫人苟不自有其獨則纍纍隨行役役逐隊吾且喪我安能濟人明乎獨立之旨則一世可渾同也相其光同其塵守其獨也心醉六經目營四海無在而非獨若僅以爲

前不見古人後不見來者而念天地之悠悠則不靜不精而獨之神不著

馬大寶字其玉說

吳伶馬大寶色藝雙絕挾技游揚州名籍甚與甘泉龍明府若隸奴之愛坡公明府亦喜其嫵媚可人無梨園習氣字之曰其玉屬余爲之說余惟毛詩有云溫其如玉玉之德無不有而尤莫妙於溫故溫柔爲詩教而溫潤爲玉情人而能溫則得春氣多而眉宇之間盎然可愛溫至於玉溫之極也人如玉溫斯爲玉人也已淮南子云賓玉之山土木必潤龍公其賓玉之山也哉

贍君公塾訓跋　塾訓附錄

學生要用心讀書虛心受教外面不可結交匪人館中不可優游虛度工夫要勇猛沈潛精進不可自恃讀書要實實記得講書要實實領會得讀文須擇其靈動有生發者讀之作文要體貼書理要揣摩聖賢語氣前後要有步驟有針線思路又要生發得開（在題理上尋不是多引經書之說）凡一題到手睜開眼孔放開手筆將題之前後左右虛處實處周詳審度實實在在自出心裁做一番新樣文字出來方好而頭一篇更要緊頭一篇之破題承起講尤著實要緊不可草草混過起講頭須要有意思有

體格有氣燄不可纖小取憎至於小學論則隨意生發無所不可愈出愈奇愈奇愈正手舞足蹈左宜右有自入佳境但不可冗沓駁雜以起厭耳書法要筆筆端楷亦開卷引人歡喜之一端也勉之勉之切記切記

此　先君子少時　祖父自京中所寄諭也兆燕初讀書　先君子即以此付之至臺駿十歲兆燕又以此授後臺駿授之璡丙午秋璡歿檢其篋笥則此紙完然與所讀經書同襲昔趙簡子以訓辭書二簡授伯魯無恤無恤誦其辭甚習求其簡出諸袖中璡年少能文好學不倦克家之器也乃年甫逾冠僅以諸

生食餼四年而亡喪予祝予抱慟曷極今仍命臺駿褒池弄之他日我　祖我　父在天之靈使如顧況之再得非熊而恭衍此訓於無斁豈非大幸也歟乾隆五十二年歲次丁未仲春孫男兆燕謹識

告廣文公文　附錄

不孝數年來無日不與　大人在離別中也至今日而爲永離長別之日矣嗚呼痛哉憶不孝七歲失恃　大人以慈兼母以嚴兼師鞠育恩勤靡所不至今日靦識之無不敢面牆自棄者皆　大人之教也詎意不肖之身重負罔極年將半百一事無成潦倒風塵求升斗之

養而不可得寄人宇下奔走連年致使　大人哀病龍鍾不能藉不孝一日左右扶持之力不孝之罪尚可逭哉蓋不孝自弱冠後即與　大人聚首之日寡矣歲丙辰丁巳　大人客嘉定二年辛酉壬戌癸亥客揚州三年甲子各館他舍至乙丑冬隨任休邑朝夕侍奉者僅一年耳丁卯歸里鄉試戊辰就試禮闈己巳又送晉氏妹于歸庚午就蕪湖館旋入太平使院幕辛未授徒松蘿山中壬申又計偕赴北癸酉自吳而楚而燕甲戌下第南還而　大人已致仕歸里當是時傾囊倒篋並無半歲之儲相顧咨嗟難以存濟故不孝六月抵家八月

郎饑驅而出隻身居揚州四月所謀無一成者殘冬風雪典裘而歸除夕侍　大人飲慘然不歡乙亥人日郎復出門顧影茫茫靡所税駕於是轉徙他鄉客鳩茲者一月客姑蘇者兩月孟夏之初始得入石門之幕蓋至是而　不孝始長爲遊子矣屈指遊歷由石門而儀徵而昭文而揚州中間復三至都門七年之中雖屢次歸覲而旋歸旋出蓋未嘗與　大人有彌月之聚也　大人自丙寅中風後言語謇澀行步遲緩皆以爲老人常態耳懸車以來猶能授經訓徒與親故相酬酢故　不孝頻年歸來尚可勉强復出去冬省覲見　大人氣血俱虧

精神全耗乃定計閉戶作鄉里塾師以謀菽水 大人曰汝且應此次會試倘得一第即歸養吾老可也詎知 不孝 氈[illegible]京華之日即 大人呻吟牀第之時乎六月至揚州猶未知 大人四月已病甚也方擬暫停征轡少謀脩脯至八月然後言歸七月七日接 大人手諭始知抱恙已久急欲一見 不孝 神魂失措憂懼交加星夜奔馳入門拜 大人於牀下相對掩泣未嘗不痛自切責深悔此番北行之大誤也是時晝不能行夜不能眠者蓋已四閱月矣所幸飲食尚未甚減藥餌尚可頻進 不孝 已私誓跬步不離左右而 大人知家無擔石

難以久居中秋之夜猶促不孝出門不孝重違大人意而寸衷如割又有不忍對大人言者輾轉遷延不肯就道而里門之內又實無生計可圖中夜飲泣無可告訴惟冀大人病漸痊體漸健不孝得數十金束脩之入卽可朝夕庭闈侍奉几杖夫何八月之末舊疾轉增至九月而半匕不進者旬日遂舍不孝而長逝也耶嗚呼痛哉痛哉大人數年來固常常病不孝未獲一嘗湯藥獨至今歲不孝歸而侍疾竟不克延不孝卽捐糜頂踵從大人於地下亦不足贖不孝之罪也已大人最愛兩孫雖衰病猶以課孫爲務自次孫冬郎殤

後尤憐長孫三元最篤彌留時呼三元在側猶錯呼冬郎前日不孝於書頁中見大人手書片紙云今春夢冬郎牽衣言孫苦甚待祖父來攜持我大哭而寤今大人舍三元撫冬郎矣大人爲不孝諭冬郎曰汝毋謂汝苦也汝郎幸而長成亦不過忍饑誦經橐筆爲他人作活其苦殆甚今汝有祖父相依汝郎不苦汝其善待祖父勿更念汝父汝毋與汝兄也不孝於里門終無生活計明年仍當客遊從此不孝將出大人其尚扶杖而送乎不孝將歸大人其尚倚閭而望乎雲山綿邈客舍蕭條再盼大人平安數字而不可得矣不

孝拙於逢時半通尺組自知無分然卽倖叨寸進濫邀一官亦不過飽妻子豢奴僕耳其猶能坐 大人於堂上而進一觴嘗一臠哉昔王逸少年未四十便作誓墓之文 不孝 願得積槖金置墓田數畝奉 大人與吾母四孺人安妥兆域妻子苟不凍餒 不孝 卽廬墓讀書輯 大人遺稾壽世誓不更覥顏依人碌碌作蒯緱之客但今日欲家居則無以爲生欲客游則不忍離殯次徬徨瞻顧進退觸藩 大人其如 不孝 何 不孝 其如大人何哉 大人生平行誼表表在人耳目四方交游皆能言之 不孝 將備述以丐當代名家作爲誌傳垂之

不朽今茀揮灑血淚向 大人覼縷而長號焉蓋亦猶夫臨行拜別之瑣瑣也 大人乃竟無一言以爲答耶嗚呼痛哉

祖靈文

哀念 府君棄予小子歲序再週天運如駛喪期有終永慕無已三年之內重哀累傷叔父仲弟先後云亡同居有妹復慟新孀欒欒棘人衣食奔走丙舍白雲登高回首淚隕朝雙腸迴日九歸來入室慘入心脾孤姪猶弱寡妹何依九泉應念獨力難支今夕釋哀明朝襆被風雪關山蒼茫無際一經堪守半菽難圖何時閉戶終

讀遺書

祭晉孺人文

嗚呼慟哉前月我歸孺人在牀病已六月左體半僵未及一旬忍淚而别匆匆數言便爲永訣明知死别乃作生離今日歸來棄我如遺作活依人萬事牽掣藥不克稱殯不克視余持賻助來奠汝靈哭汝三日旋又遠征明年再歸謀汝安宅相期他年與汝同穴寡齡棄職本爲懷安仍復乖各饑走江關囊悲緘哀卒彼曠野不若

壽君女青亭下

祖靈文

嗚呼孺人明日去矣棄我敝廬永幽瘞矣我每出門孺人治裝執手送我有淚數行明日孺人往卽幽宅僅一宵留遂千古別莊盆旣鼓趙蔭如馳昌黎有言其幾何離送君遣車駈我征鞅三尺旣封一鞭孤往我去誰顧我歸誰親他日我返宿草已陳

哭璡文

維乾隆五十一年歲次丙午九月辛未朔越初十日庚辰期服祖兆燕設齋於揚州之金粟庵哭奠冢孫

皇清廩膳生璡之靈曰昨初三日汝父來知汝已於閏七月二十四日死矣嗚呼慟哉八月我尚有兩諭寄汝

而不見汝一字心正憂疑恐汝癲癇本疾太劇孰意汝竟以瘧痢亡耶揚城朋友皆知汝父不在我側不以汝死告我孰意汝父在江省鄉試家人亦不以聞直至試畢而歸始知之耶今我神氣昏散不能多與汝談擬於季冬歸家葬汝撫棺致慟爾覼縷言之昌黎有云其幾何離嗚呼慟哉

祭璡文

嗚呼吾與汝祖孫也而讀書論文直一忘年之朋友耳憶在揚州郡學時汝方五歲已識數千字取李賀高軒過命汝讀三寓目卽闇誦不誤因謂汝曰此人年僅二

十七耳汝曰天之厄才人如是因欷歔不樂吾謂汝父曰吾家門祚衰薄此兒稍癡蠢則善矣後數年汝十一歲應童試學使者吾同年友也亟賞汝詩賦於正試日謂汝曰今日試題搭截汝若不能爲卽作一句題亦可汝遂作一句題而學使者謂人曰金璉詩文俱佳但與通場不同題於例有礙抑作佾生可耳汝於是愧憤而歸至十六歲吾自國博請急歸見汝文字皆已老成而詩章多悲鬱句人皆異之吾曰當文帝時而痛哭流涕賈生之所以不永年也次年爲學使徐條甫先生所賞以第一人入泮余時客居於揚而汝來省吾且將迎娶

寓居馬氏之小玲瓏山館蓋昔日厲樊榭諸君唱和處也松竹滃翳亭館爽塏結夏數月最歡或同人作詩會則汝必有警句動人七月三日汝侍我燈下讀書揮汗寫劉琦黃鵠賦一通乃寢中夜聞夢魘聲呼汝起汝曰被毛人壓於身吾曰汝夢也逡巡復寢吾臥醒又聞汝聲再喚汝天已明矣察汝神形不屬如醉如癡是時汝父館他宅汝母居舊城母家而汝急欲見母吾已遣呼汝父汝索衣冠向空作三跪九叩禮曰拜辭天地禮未畢汝父至汝又向我與汝父叩首曰拜辭尊長汝父正錯愕相顧吾曰茲不遠別叩首何爲於是三肩輿同至

汝母所而汝不肯出輿強牽之出則闃然如異物狀汝
外祖及外祖母覘汝母不知所爲汝急索周易讀之聲
如歌曲語我曰此鎮邪我枕畔常置此書至此遂成狂
易疾矣於是遷汝於南門雷壇養病謁醫召巫無虛日
吾虔禱於斗姥爲汝持齋三年病稍間而婚期近人皆
以汝未可婚吾曰彼雖癲然不可無婦汝外舅亦明大
義不我卻婚之夕井井成禮病以漸瘳次年科試則以
一等五名補廩徐公曰汝文字沖融恬和不似有病者
攻苦益力於八月至江省應鄉試忽於初四日舊恙復
發踉蹌而歸至十月而汝祖母歿吾歸葬之歸家後見

汝與人不浹洽若自有一天地者葬之夕則哀號成禮毫無病容十二月十四夜汝父宿壙中汝與吾同宿茅舍縱談一夜次日成墳吾即就道復來揚州自此三年之中止與汝書札往來不復見汝面矣今汝父卜於十二月十日安厝汝於祖母塋中汝母墓側而吾以羇窮不克歸僅於汝父將行親褸作書以寄汝汝竟無一字答我耶嗚呼慟哉

道光歲次丙申孫琨謹編次

曾孫醻

醍校字

道光丙申年刊

梭亭文鈔

贈雲軒藏板

椶亭駢體文鈔卷之一

全椒　金兆燕　鍾越

賦

閏月定時成歲賦

五部肇起四選錯行溟涬罔極块圠難名章蔀紀元莫窮其藴遲留逆伏孰探其精始於大撓創建繼以洛下經營先其算命靡有攲傾蓋陽中以生陰中以成朔則雖虛氣則必盈合天地之終數因章歲之常經於是再扐歸奇三年置閏日與天會多五日而麗天稍遲月與日會少五日而麗天遲甚周髀宣夜不外此以相推蓋

天渾儀悉由玆而相印九六變而不越其極三五包而不爽其信爾乃或短至或長至爲陰月爲陽月煥年寒歲不慮其偏毗苦雨淒風無憂其淩節驗晷刻於蓮漏紀晦朔於蓂葉數則有積有奇道則或黄或黑一登一降辨六體之變遷孰度孰營妙九重之圜則且也閏以正時時以作事雖五勝之相乘實三微之無異鳴鳩拂羽知東作之方殷征鴈横天警西成之有自雲油雨沛纁夏潤其灰台雷辰龍旋元冬布其陰翳析因夷隩疊作亞陂蠢假愁中互爲更替青陽白藏主之者各有其神赤熛汁光司之者皆名爲帝履端於始兩間盡啟其

機歸邪於終千歲可坐而致察中氣之參差得再閏于五歲是以奉若天道敬授人時審其王相驗厥孤虛魄鍊金門抱重光而復旦氣調玉燭配兩大之無私璧合珠聯映榮光于宗動階平垣繞測秘兆于員儀顯爍兮光含王字寒芒兮色正天旗南面無爲居門中而出治東風入律奉正朔以奚違於是啟閉有常至分有定由小周以成大周悉大同而復大順以窺九天以齊七政時惟再中運方孟晉廟廊遵夏正之宜草野登春臺之勝雕雲靉靆呈五色之奇峯平兩葢葢挺千年之瑞應山中春早羣情與舜日以俱舒御宿祥多萬姓戴堯天

而共慶

古硯賦

紗幃晝暖烏几無塵扆斑旣設陛理斯伸抽象管之虎僕啟豹囊之龍賓乃有佳石浥露浮津韻鏗鏘乎鳳咮紋隱躍夫龍鱗凸起鏉心石末暈浮青而默默圓環璧水天波皺淺碧以粼粼播佳名於璧友擅雅號于結鄰誠金聲而玉德作筆陣之堅城夫其夏鼎侔形陰山煥彩氣列宿以如珠光涵星而似琲仲由之創云遙尼父之遺斯在溯功懋于結繩得帝鴻之墨海原其所產各著名邦爲端爲歙或吉或相鼉島崚嶒激千層之溯滙

龜頭前岃挺百仞以昂藏西山之烏久著東州之稱
良美成都之栗玉重號地之稠桑涵碧池邊厂懸片石
斧柯山上車碾阿香溪尋黯淡之源一盂深黑河沒臨
洮之底萬頃蒼萍豈苐王官之邃谷獨標異跡于秦王
爰極旁搜于稽其族渤海金堅于闐鐵熟絹澄汾水之
泥刀剖廣南之竹漆則給于青宮櫨亦浮于綠澳蜂投
庚子之懷瓷識傳家之蓄琉璃之色晶晶瑪瑙之光熀
熀銅雀記漳流之恨臺矗嵯峨玉蟾酉晉冢之愁水含
沸潏煖瀉三冬之酒冰釋流澌瑞生一夜之禾穗成叢
蔟固王粲之所難銘亦唐詢之所未錄而要不若斯硯

之堪結夫古歡而玩之不足也爾其光搖金線脈劈紅絲豆斑雨潤蓮葉雲披生成鴝眼琢就馬蹄眉勻長短指列高低鳳蓋翔而欲翥鳳臺峙而不移幻風濤之奇象抱松馨之幽姿黃九魚躍紫卯龍遺入崔抱而鄭重出米懷而淋漓玉溪則會鐫古篆子雲則亦草元攤甄氏閨中色映贈來之枕楊妃殿上汗沾捧後之衣綜奇觀之紛若媲分題與終葵而乃什襲有年光芒未翳護以鐵而常堅養以綾而不敝賦成釀酒之缸覓自裁衣之肆幾經維翰之穿未入君苗之炬毀從褒谷以長埋著就襄陽而久瘞奇峯六六應懷李主之宮妙質雙雙

誰掘鄭坊之地瓦三足以尚安鼓四環而猶綴非范氏之遺孫定王家之傳埒但見馬肝碟砨龍尾巃嵸形如天而如月字爲呂而爲鳳烏石屏前元香馥馥雪方池内縹沫融融許商湖邊慨良緣之不再湘妃廟裏知入夢以何從晃粉月於紙窗無復觀魚之騎誦金經於琳札難尋飛鴿之蹤空獨守其鈍靜伴觮頭之頑童然而代有傳人循環未已暫養晦于筆耕豈終淪其花蕊苟獻璞於彤廷斯騰輝於綈几帀銀帶以相參弃金匣而無鵙偕毛穎以同升共松滋而竝使軍麾卽墨封宜萬石之榮櫰識郎官値詎三錢之鄙誠硏說以無窮助賡

歌于喜起亂曰古硯生兮溪之濱追琢溫潤浮紫雲滓如守之光常新千年不損葆其眞感一朝之拂兮甯守黑以終身

菱溪石賦以空水相鮮霽山瀉色爲韻

覽瓌滁之勝概尋廬陵之芳蹤羌園林之非昔徒侘傺乎東風獨有菱谿之石常畱椒麓之中矸然以潔穹然以隆鬱千山之翠黛排兩顆之玲瓏磊磊兮外硌磱磱兮內空緬其由來荇溪之涘嫌名偏諱行窩之割據威雄妙記爭傳李濆之文章旖旎溯始則劉金之故物著名則歐公之移徙六存其二小者尤美硱磳磈硊俊雄

之跋扈依然豁開谽谺太守之風流宛爾靜觸豐嶺之雲冷沁釀泉之水或凹或凸參差傑僞爾其風光明媚萬卉爭姸幽林鳥語古澗鷗眠頳碨砨之點綴標異致于亭前紅羊藫澑碧獸苔鮮露湛湛兩娟娟敧可倚也磬則踞焉奚藉之以醒酒曾何異于平泉若夫映乎野之蓊嵐聳空山之曉霽沆瀣鬱乎其中朝陽生乎其際一北一南相爲伉儷洵兩美之必合俱外秀而中惠若經媧手甯惟五色之奇如出米懷應循再拜之例而且陰陽竝列雲色霞章欵小吏于牀頭潤沾宿雨望夫君于山上翠斂寒香取而支之織女之機自穩椎而碣之

逼侯之印生光寶劍久藏氣俱藹藹孤桐一叩聲必硠硠即未經追琢之力已無殊金玉之相爾乃永峙山巔常臨水涘積雪嫮于冬赫曦暴于夏學學朝朝堯堯夜夜千章老木介乎其間一綫月光穿乎其罅是則寶憲所不能勒李廣所不能射獨幽谷之冷泉得環之而低瀉也想其離塵絶俗屏跡寬閒歲寒霜落粼粼清灣劉氏之宅既廢朱氏之園常闢水出永陽之嶺西經皇道之山每寒潮之過此輒孤咽而潺潺空青黯黮冷翠徧斕僵臥者不起取去者無還非醉翁之賞拔將奇景之都刪而今也點染林泉流連楮墨神于秋里之爐爛若

螭潭之色梅蔭其旁亭翼其側于焉嬉遊于焉憩息豈非一經夫品題遂傳佳話于無極從茲磐石之常安自永千年而不泐

松蘿茶賦 以采茶分雀舌賜茗出龍團爲韻

繄松蘿之異境鍾靈秀於無垠豁神皋之窈窱矗仙的之糾紛轇葛坱圠晻濭蓊薆萬頃雲鋪碧對黃山而竝峙一痕黛鎖青從白嶽以遙分樹五衢而散彩花四照以紓珍深逕坡陀怪石繡藤蘿之色奇材樸樕斷崖藏楩梓之文乃更滋夫瑞草毓馨馥而布芳芬夫其爲檟爲蔎爲荈爲茗擬梔子以差同方丁香而可竝暗拆欲

萌之甲朝雨霏霏齊驚未剖之芽春雷隱隱帶縈萱草
綠緣小岸以風微花臥薔薇白浸寒宵而露冷爾其春
嶺谺谺春漪藹藹露斂山腰霞生崖腳雕雲靉靆巢棲
啁哳之禽槧日曈曨林響鉤輈之雀于是繡闥婀娜蘭
閨綽約無不曳華袿被素勬輕纖刻玉擫珠蕾以徵拈
皓腕凝酥觸金芽而欲皷鎊籠滿貯如逢挑菜之人綵
裹同攜似赴條桑之約惟時初過雨後尚怯春寒廬牕
未啟犀帖初安小閣溫黁火調文武重幃匼匝香燥燐
煸烓竈煙濃喜烏薪之正爇泥爐灰冷知獸炭之將殘
一握春芽焙銀絲之細細半簾明月堆玉片之團團若

夫龜甲屏開蝦鬚簾揭溽暑方收涼颸乍咽庭多錢起之賓座滿王濛之客六斑換取解酲消般若之湯七盌擎來逼仙得穆陀之葉色凝粥面花淰淰以輕浮香泛雲腴聲颼颼其未歇翠濤細啜覺清潤之盈喉碧乳初嘗已幽香之在舌洵獨建夫湯勳曾何憂於水厄亦或華筵邀月綺席臨風醅浮螘綠脯裊虬紅既擅臑熬之美復呈煮瀹之工乃傾霞腳更覓雲龍松風謖謖檜雨濛濛活火生煙避鶴翎之纚縰嫩湯沸雪澄蟹眼之圓融爰考遺經其產非一蒙頂埋雲丫山燭日乳竇泉流丹邱草窖武昌山上橘投秦叟之懷瀑布泉中飯具虞

君之室葉葉千重花花五出鳳亭龍井依稀留騎火之名鶴嶺鳩阬彷彿得探春之迹要不若郭第之眞傳始可盡椰源之妙質夫其火績既儲水功斯繼綠變塵飛紫㨾茸細小甌傳哥定之遺古鼎倣宣和之製乳花泛後停秀碧以初勻金蠟溶時映輕紅而欲碎疑松雲之罥影翠色低分似蘿月之浮光綠痕淺綴銷金帳裏底須誇太尉之風成象殿前詎必詫尚方之賜而乃鳳髓晶晶耀膏矔矔陽岸朝耕陰林暮采和凝社散知茗戰以何時劉縞堂空嘲酪奴而誰解撩鬅絲于禪榻愁颺殘花酧唫客于秋墳魂銷斷靄然而性多癖嗜學有專

家問寶唐山上之遺蹤猶傳玉壘尋啄木嶺前之舊蹟尙起金沙況夫新安江邊濃陰髴翳齊雲巖畔繁樾周遮峯炷香爐羃歷之煙籠碧蘚山憑玉几潑黴之雨潤黃芽斯卽陸羽經中篇篇琢玉鮑娘賦裏字字生霞苟古人之可作應無不滌煩破悶于茲茶也

月潭賦 以澄泓百頃規圓如月爲韻

新安大好山水襟六州而帶百城鍾東南之靈氣擅宇內之香名練水縈洄繞千巖之巀嶭浙溪瀦滙環萬嶺之崢嶸爰有異境黝然一泓港如丁卯溝若甲庚體團圞而似月不借蚌蛤以虧盈夫其深疑無底圓則成規

一圍瀲灩百頃淪漪紫蓼青蘋幻出閻浮之樹白蘋紅荇疑搴仙桂之枝倘求帝主之仙可攜手而入也似協夏王之夢乃乘舟而過之相厥深潭含風波靜匼匝無偏周遭惟整匪促纖阿之馭風轉輪馳豈效姮娥之粧光瑩鏡冷詫霓裳之乍奏碎響濺濺訝鶩樹之濃鋪清輝耿耿紛魚鳥之聲聒詎必輸蟾兔之精浸巖壑之瓏瓏卽此是山河之影誠哉叔度之汪汪孰測澄波于千頃於是挂片帆于中溜縱一葦之所如望兩山之對峙儼峩岈之雙闔弄波操檝臨風揚裾乃溯洄于南港採菱芡與茭蕖俯馮夷之宮忽瞻瑤闕入鮫人之室乃逢

望舒鶩鶃鶃以浮波䟗之而去牛紛紛而照水喘焉以趨蓋其杳然而窪瑩然以澄白雲夜布沆瀣朝騰信七寶之合成居然圓潔豈一鉤之易缺遂露觚棱竊藥而來好伴淩波之女晝蘆縱巧空輸鑿壁之僧看夾岸之舒光何勞翦紙呼片桴而徑度安用梯繩彳亍潭濱曠然而悅遙黛舒青輕雲曳白泉挂天紳雨餘月額籠晚煙之羃䍥兩岸柳絲槧朝日之曈曨一灣松樾藤緣高閣聳浩刼之三千苔繡虛龕拱應眞之八百恍若登玉宇而上瓊樓挹遍體之圓光于終夕神則維清體則常圓映天光而湛湛覃雲影而娟娟赤斧眞人偶向泉先

而結侶寒簧仙子定逢龍女以爭妍於是三五佳期春秋令節既將月以比潭還將潭而印月上下寒光雙輪齊揭採蓮紅袖應招折桂之人擁棹黃頭好載乘槎之客是則黃山頂上難覩茲不夜之觀白嶽峯頭未見此長明之色聊體物以舒毫已寒光之沁骨

耕耤田賦 以時和氣清原隰滋榮爲韻

徛塍堛堪繡壤參差阡畱宿澤陌布新菑揚輕輿于蟹堁潤疆驟于牛坻爰有百畝耤田于茲

皇帝乃布其明詔命我公履畝而耕之一易再易以稙以滋奉國典而重民事慶穰穰而樂熙熙於時晴原坱

北廣野葢蒀一輪軗日萬縷雕雲冰澌堅腹橛冒隤根遙嵐夔溟而鬱岪濃瀅勺濼而温磿土膏脈起于耜糾紛青壇嶽立矗于高原爾其千乘轠轔雙旌旆翳郅偈旖旎于轇葛洪頤弸環其組麗觀者彌高以縈繆從者騈隱以淫裔輪輻轟其雷震襜褕颺而雲翍拂萬壑之朝煙迎千山之爽氣衛嚴旁午路指夷庚乃莅東郊蕭蕭馬鳴張翠幕結青紘挽洪縻脫輻衡蘭株序進葱犒斯𤘽陰虹陽鹽骨重神清撫紺轅之連蜷操黛耜之鼂塋爲廣爲袤或由或橫九推既遍澤澤其耕若夫農祥晨正氣煥以和淺渚皺浪滮池揚波蘭唐香馥蕙畹春

多山駊騀以被繡陵嶚嶕以排羅雨滌修製煙縈短蓑
庶人終畝長我嘉禾既耕而種翼翼與與紅翻穲稏翠
漾厘廲稻名再熟米號重思穗低鳳冠莖綴龍枝是任
是負如京如坻信堪式夫五耦唯不害其三時大有載
登紀其租籍乃貯神倉我庾維億
天子曰俞康侯之力畛畷宬隆穧麷粱稷靡有不宜無
爆無濕銘爾之勳鐫之鼎彝上以光治績于鸞坡下以
永謳思于龍隰乃頒璽札召以霓旌位之四輔玉鉉光
榮調元鈞軸握樞台衡鏺麥殿中上民情之糾勤觀耕
臺上訂往制之鼓傾葛葉杏花燮理協天時之亚綾縚

厤拂儉勤襄

帝治之宏此固潘安仁操觚之所未悉岑文本握管之所難賡唯我

朝之特典而著之以爲萬世之經者也

蕙櫋賦

惟綵潭之勝境實蘊奇而毓幽吐煙雲於菌閣納嵐靄于層樓桂棟排空香霏霏而遙集葯房貯爽氣瀚瀚而未收乃有蕙櫋構于修宇敞透月之簾櫳映穿虹之楣梠影抛紅豆墜鸝母之餘糧響落丹崖撒狙公之賸芧芝房在側蘭室相承軒開霧入牖啟霞蒸寶歒迓朝曦

之過冰輪看皓月之升蹔架上之芸編好延韻士檢函中之貝葉欲問高僧於是幃幕高張窗櫺盡拓坐眾香之國以傾樽遊不夜之天而張樂百晦春滋千叢曉錯妙香清處澹覓句之幽情翠帶飄時感懷人之舊約對蕙有歎倚樽而歌歌曰緜之潭兮清且漣滋我蕙兮馨以妍濃蘭沅芷兮紛相捐獨與蕙契兮相樂以終年

瓊花圖賦 爲張瘦桐作

伊茲花之抱質秉太始之潔清陋紅鞓之俗豔競寶璐之芳名月浸其魄露凝其精紛葳蕤之素蘤擢勁直之修璧亭號無雙仙聚有八粉嫭酥攢霜封雪壓吸沆瀣

兮淋漓布絪緼兮塊圠緆紋瀫于瑤池碎衍波于璗札則有白鳳才人冰心高士辨名類物覈眞袪似旣玉蕊之難竝亦鄭瑒之非是爰倩化工之圖繪爲析名葩之表裏繽繽紛紛瑣瑣委委千態萬狀兮肌擘理連筒抽其小心承跗擢其纖趾築脂刻玉扶女瑩于蜃窗煙視媚行逢藐姑之仙子乃爲歌曰與隹期兮瑤臺墮瓊瑰兮盈懷訪玉勾兮何處扃洞門兮不開盼揚州之烟月悵千載以低回

通州通判汪黼廷新建廳堂賦

三島仙都五瑯勝境地接丹霄天開碧鏡迎若木以飛

騰駕洪濤而掩暎門閥駢羅邑居隱賑明珠懸不夜之城碧樹繞長春之徑則有政調禺筴廨近亭場中春積雪暑路飛霜植燮調之根本作轉運之津梁功成化洽作爲斯堂於是紫瀨爲屏丹山倚壁排傑閣之修修披惠風之習習繞庭瑞草種南國之紅蘭入座嘉賓集東都之赤舄既饒勝引復值良辰斬日之雲乍散催花之雨方新唱鳴鳥於木末戲遊魚於水濱一天澄霽四野濃春爾其綺席陳華筵啟既載清酤復傾甘醴膳東海之胎蝦烹南溟之仙鯉妙歌吐豔皓彩舒晴借庭前之羯鼓催海上之籌更仰作作之秋星明河未落聽刁刁

之曉籟衆樂皆停士庶咸歡主賓旣懌乃作斯歌以永
今夕歌曰瑯山山色對堂皇紫極遙占旭日光願借龐
姑千歲酒共君此夕一傳觴

道光歲次丙申孫琨謹編次
曾孫醻
醍校字

棕亭騈體文鈔卷之二

全椒 金兆燕 鍾越

序

贈門人俞默存序

蓋聞譙周弟子半西蜀之儒生李膺門人盡東都之傑士河汾設教薛收獨受元經天祿校書侯芭能傳奇字聚沙而雨寒水爲冰知古人之非宛言詎今茲之難僂指然而鑄顏雕宰磨杵維艱朝獵夕苞弈棊無異所以吚唔終歲究同刻楮之難成譴㥦頻年幾見烝沙之有獲事有譏夫目論術仍等於心師余也學愧咫聞識慚

管見未諧壯志聊借童觀乃抗韓愈之顏遂入杜栖之室口講指畫結草折巾欻於攻木之餘快夫撥鑿之樂接之用抴道而勿牽迅如下瀨之船矯似翔雲之鵠周情孔思略窺乎巍楮之間李室莊門蹠踔其奧窔之內三年學技羣羨屠龍一鳴驚人俱瞻翥鳳初階尺木行舒天上之鱗乍拂潛珪共詫泥中之寶豈第殘膏賸馥已霑丐之有年因如茵藹緹油且作程于遐世矣更申一語用以相規先器識而後文章允矣古賢之訓師道德而朋仁義韙哉先達之言四海堪營天下卽爲已任六經可醉聖人只此心同千丈喬松加繩墨而後成大

廈連城艮璧經礚礴而乃入華堂我所珍若珠船幸以銘之錦帶今日導夫先路敢言宋玉之有靈均他時待以後堂庶猶戴崇之於張禹云爾

寄贈葛繩武二十初度序

殿名端命憶繡瓦之千堆闢號清流望髻雲之一片潮偏帶雨縈別緒于綠波閣自凝香貯離懷于白晝訊候則錦幖可奪問年則元服初加聊寄蕪詞以伸積悃夫其才如宋玉獨擅牆東人似徐公偶居城北魏收蝴蝶粉膩香融崔珏鴛鴦煙柔雨媚書梔則千層柳篋束以牛腰筆牀則幾朵江花生于虎僕奉輿將母永日循陔

投轄畱賓深宵折皇五紋綵縷香生荀令之衣百鍊青銅色映何郎之面相如才調綦組成文景滌年華芳蘭竟體拜袞則無殊鄧禹行攀月下之枝懸弧則畧似田文恰近天中之節燕也屈顏巳悴潘鬢將凋齋種白楊胷臆只塡愁之句窗窺朱鳥海天無行樂之期寄語吾賢勉旃來日百年鼎鼎難回過隙之駒萬里茫茫好藉摶風之翮三千上客共驚才子揮毫二十中郎甯讓古人獨步夢中路熟姑尋君于喜客泉邊嶺上雲多定憶我于醉翁亭畔

送汪經耘入都應試序

柳煙靄靄籠別路之逶迤杏雨霏霏點征衫之旖旎斑
蘭車耳軟塵隨繡轂以迷濛靉靆山眉麗目覷雕鞍而
歷錄林外鉤輈鳥語競和驪歌橋邊敧亞花枝如隨鶴
彎踟躕判袂諸君既祖道以牽情慷慨傾樽賤子請濡
毫而讕語夫其家聲赫奕里名冠蓋之鄉人地清華庭
種科名之草溯本源于廣惠瓜紹千年問燕翼于司農
羽儀四國北朝閥閱崔㥄則父子齊名東漢簪裾馬援
亦祖孫濟美王子安蚤歲讀書摘師古之瑕蘇廷碩韶
齡詠賦訂義成之句温磨香裏握景滌之芳蘭黏蕩風
前驚魏收之胡蝶觸棖蹋甕既練爽而研昏列錦鋪茵

亦枕經而菲史數遍綠珠之押晨誦簾虛剔殘青玉之燈宵吟檠短王文中之几席盡董常姚義之徒蕭夫子之門牆皆盧異王恆之侶下帷三載焠掌彌勤奪幟千軍撥麷何異早拔茅於槐市摩來獵碣十圍更驂乘子桂宮窺得姮娥半面固已聲華藉藉擅伏波隱鵠之稱況復著述彬彬擷浴碧夢紅之豔斯即珪潛泥下自有輝騰縱令錐處囊中定知穎脫茲當宣室求賢之日正值鎖闈校士之年聞呦鹿以驚心聽荒雞而起舞郵籤僂指盼遠道之三千驛路攄懷送春光之百六寒潮易水好聲擊筑之人曉月盧溝久待題橋之客搓酥滴粉

應空北地胭脂琢玉堆瓊不染東華塵土紛紛擲果爭看潘岳以停車嶽嶽談經齊爲朱雲而折角聲傳輦下何勞溫卷朱門名達禁中底用題詩紅葉竚見初桄梯月玉斧無雙併將高步登瀛壘氈第一漾吟魂於蔓裏穩替劉滋聞私喚於酒邊相看楚潤李詩謝賦乍添蘭省之輝劉井柯亭頓壯木天之色縱驥程之秋駕在此行乎展鳳翮于春池洵非妄矣於是漸溪波綠映行色之輝煌箬嶺峯青亘離情之繾綣盈盈諸客俱彈貢禹之冠落落鄙人獨掩唐衢之袂紛裶緺紵知前途誰不識君憔悴風塵問今

日何以處我聽踏歌之聲于小岸翻送汪倫薦淩雲之賦于上林還希楊意云爾

戴璧振西園圖題詞序　自序云余意中園也

今夫九天宮闕半屬虛談三島樓臺大都幻影芝田蕙圃誰逢負耒之人紫宮青城孰是運斤之客華林沁水修陳帝子之園亭梓澤平泉豔說公侯之邸第然而轉瞬煙銷回眸電掣綺甑繡桐空留紙上描摹煙棟雲楣只贋空中渲染固不若寸心接構憑意輪神馬以遙馳尺幅丹青借墨瀋筆痕而永托也海陽戴君者泉石畸人烟霞韻客聽鸝聲于樹下酒載閒情灑雞汁于碑前

爻傳麗句數椽老屋門迎六六之峯半畝幽居地僻三三之徑燈熒局室攤滿架之瑤編烟裊踈簾對一庭之玉樹枕經葄史董仲舒目不窺園練爽研精高文通坐而漂麥避世則牆東侘傺容膝聊安逃名而竈北蕭條寤歌弗告而乃性善雕幽情躭素隱靈臺默運幻柳塘花徑之奇觀元府冥搜現月榭風亭之異境眞形靡定依稀于心驅神遇之間謦語何妨指點于影匿聲銷之外於是晴川吳子解衣盤薄醮筆淋漓助爾荒唐偶奪化工之妙置君邸壑更傳阿堵之神蔆萪而花發午橋縹緲而烟浮禾石青舒層眼籬橫六枳以觽沙翠皺龍

鏻堂映四松而纍纍琅琅扣玉窗篠吟風的的垂珠寒藤浥露魚槭傍春流之岸小水瀲灔鳥斂懸暮靄之林濃陰嬬翳顧辟彊之池館秀麗偏多韋嗣立之山庄逍遙不少在造之者憑虛結撰惟自闢夫心田而繪之者蹋實捫摸洵獨營夫意匠矣僕也經鋤未暇筆耒多荒雲樹牽愁盼家園而不見風塵催老肖巖築以何時枕中遊仙子之鄉雞聲夢斷海上駭大人之市蜃氣潮回偶爾披圖靜對空明之色翛然握管聊傳虛響之音聊綴蕪詞用賡蘭韻半帆竹葉可能載客子之魂一幅輞川早已愈幽人之疾

何金谿廣陵懷古詩序

蕪城古堞才人作賦之鄉隋苑長堤騷客興懷之地憶昔鶴跨之年曾擅蝶驚之號一抹輕紅頳霞蘸日半篙柔綠碧浪皴雲璃樹娉婷瀁花魂而淡泞玉簫淒咽吹月魄以昏黃廿四橋邊畫舫盪荷香于霧夕十三樓上綺艇籠樺燭于春宵舞鸜鵒于芳筵非無讕語握蛔蛉之雕管時有狂言一夢迷離十年蕭瑟空記徵歌舊侶無殊塵影之依稀何圖班章新交忽覩錦囊之炫耀瑤編乍展如置我于二分明月之中麗句長謠恍遇君於萬頃秋濤之際諷其原唱豔生潘岳之花原唱潘太虞史偉作

以全篇秀暈何郎之粉嗟乎古人不作來日大難何勞代泉下之愁且須盡杯中之物喜此日水萍歡聚共猗裳于六六峯頭擬他時烟柳招邀更聽笛于三三徑畔

何金溪詞集序

新安勝地舊產詞人馮延巳譽重南唐聶冠卿名高北宋至若松風橫笛荒廬畱洺水殘吟烟樹層樓古寺賸竹洲麗句紅塵翠麓程東山之感慨何多玉滴霞箋汪方壺之悲哀不少凡此海陽諸老尤爲宇內交稱觀殘膏賸馥之胥沾知餘韻流風之未絕蓋千山環繞雖非畫船歌舫之鄉而一水清深實爲騷客才人之窟僕也

趨庭隨宦杖策論交酒地花天大抵斷腸之調周情柳思無非把臂之人則有東海名家小山通隱柳移江漢韶齡訂庾信之文稻刈琅邪綺歲辨徐陵之句插架之書萬卷古錦斕斑依山之樹千章名園壖翳八叉賦手握金管以生花五夜吟肩聳玉樓而對影更精樂句閒愛倚聲沈酣於草窗竹屋之編高據夫石帚梅溪之座隨拈一語皆雅韻以滿襟偶出全函索鄙言而為弁研晴窗之麝墨閉戶朝吟爇寒室之蚖膏擁爐夜讀因君綺語發我狂言郎中之花影徒工學士之微雲易散芙蓉秋苑難叨協律之榮楊柳曉風空博梢公之誚金經

貝葉且同參鷓鴣新禪紙帳梅花好速了鴛鴦舊債

吳鉷芍惆悵詞序

今使交柯布葉枝枝皆銷恨之花重閣連簃處處盡忘憂之館則鳥翔勁翮奚爲過悲谷而彷徨蛟縱潛鱗何事蟄愁潭而偃蹇然而蒼埌易缺皓魄多虧選夢羅幃宜樹之長圓之局移春彩檻女夷無久駐之輪捧琬璧之芳心絲絲篆碧拾珠璣之寶唾點點啼紅故滴粉搓酥大抵斷腸之調而裁雲縫月無非悽耳之音也鉷芍吳子夙擅文豪偶躭詞隱金荃蘭畹摘奇豔于琅箋石帚梅溪貯幽香于珊管既含宮而嚼徵亦戛魄而淒神

冥厥全編名爲惆悵烏絲闌界成邊札如縈縹緲思烟紅牙板拍向瓊筵似聽霡霂淚雨何必綠珠喉裏始有新聲早知赤玉胷中定無宿物嗟乎氤氳百濯錦衾留不散之香滴瀝三危釦砌泣易晞之露左譽簾前舊夢秋水春山法明酒後枯禪曉風殘月試看他年漢老何似茅舍疏籬爲語此日屯田且去淺斟低唱

藏西園集唐詩序

西園先生琬璧爲心琅玕滿腹合綦列繡研作賦之春秋摘豔薰香老著書之歲月更饒逸興別具閒情集遍三唐吟成一卷笑顰無非借面轉移靡不從心鑄造化

于筆端召精靈于腕底香名百合異味同馨樹號五衢殊根連理珠穿螘線映玓瓅以輝聯錦織龍梭煥繽紛而色麗注醇醞于玉巵十酒同傾散仙蕊于瑤臺千葩齊落戈鋋戢膂聽軍令之指揮鯖鮓駢羅萃侯家之調爕天上作女牛之合氏妁參媒爐中鍊嬰姹之魂銅奴錫婢水趨四瀆任溝渠畎澮之爭流廈構千間羨杞梓梗楠之竝列儳攀安而提萬欲起陳人豈竊沈而偷任聊為剿說想當日燕函粵鎛各有專長詎今茲巴孋吳歈遂難合奏嗽蜂房之蜜須知採擷辛勤披狐腋之裘請看縫紉縝密位君何所身居作述之間顧我而嬉意

在有無之際

春華小草序

金烏冉冉谷何故而長悲碧落漕漕天雖高而善泣庾開府終朝閉戶無術驅愁江醴陵鎮日濡毫惟工賦恨登樓王粲少卽辭家題柱相如貧兼逆旅胭脂井畔黜渺渺于西風白鷺洲邊客茫茫而南渡當衛玠過江之日正王喬遊洛之年羣說子房何殊美女競傳平叔郎是神仙文豔魚油斑管灑千篇之麗氣浮龍鮓松滋成五色之奇量曹植之才甯惟八斗分柳惲之技何只十人是以不乏越吟因而盡成楚些賈逵碑上有字皆金

李賀囊中無言不錦應得江山之助稱才子以何慚乃深雲樹之思寄鄙人而作跋深藏小篋須薰迷迭之香朗誦明窗且浣薔薇之露嗟乎玉杯製就人嫉董相之才金闕傳來詩寫韓翃之句衍波箋上曉寒徒夢自深宮庫露眞中俗眼恐東之高閣

何金谿姑蘇覽古詩序

高閣鎖寒烟于大道天與詩材荒城棲落日于空山地多古意鞭絲乍裊閒愁隨青草以芊緜帆影纔懸往恨共綠波而蕩瀁江山滿目何限興亡風雨長征無邊感慨所以弔古縈懷之什大都悲歌作客之人至若端居

息踵飽看門外之山匡坐頤神閒命空中之酒則灑龍賓之賸汁祇註蟲魚倚鴉舅於殘陽惟評風月縱流觀圖譜堪爲宗炳臥遊而放眼山川難挾左慈幻術傳會盡偃師之妙終屬寃言描摹縮道子之工總多舊語然而馬蹄秋水半莊生寄寓之談香草美人皆屈子牢騷之料贏胷中之五嶽便爾崚嶒數海外之九州居然爲奕握管記滕王之閣韓昌黎豈必親登吮毫賦天台之山孫興公幾曾遍歷況夫江淹多恨庾信長愁拾灰莫辨其心投杼誰明其詐指灼痕以爲癲謠詠方多謂中椒其不芳練要何益索居寡合岸幘而惟欲箋天寂處

無聊戟手則猶能罵鬼酒寒燈灺呼萬古之精靈筆憤墨飛代千秋而痛哭杯借他人之手塊壘頻澆劍爲不平之鳴鍔鋒俱厲此金谿先生所爲閉戶里門而有姑蘇覽古之作也嗟乎寒潮落月誰招伍員之魂舊宅斜陽難覓專諸之里而乃雕幽鏤祕如聞響屧于空廊戞魄淒神似望錦帆于故渚憑彩毫而寫恨走狗塘枯拂素紙以銷魂採香逕杳豈非天賦豪情性躭愁癖傳變之悲身世無此淒涼阮藉之哭窮途遜茲抑塞者哉僕也居本畏人情深懷古十年結客難尋季札之交百怪入腸毋弔要離之墓試浣薔薇而快讀更陳蔣葬之贈

言自古圖霸爭雄轉首失黃池之路從來矜能負勢到
頭成紫玉之烟麋鹿臺前久喚醒繁華之夢干鏌匣裏甯關心細碎之讎爲語吾賢那知許事盧𢇁白馬已偕遊於心驅神遇之中畫舫青樽且預訂於耳熱酒酣之際

何鈞皋皖城懷古詩序

茫茫天塹六朝關塞之區浩浩江流千古英雄之淚何嘗故壘寒林之夜月昏黃皖伯荒臺古道之斜陽蕭瑟繫馬喬公宅畔紅顏偕翠靄以銷沈揚帆曾帥城頭素旗共銀濤而滅沒瑤尊命酒能無懷古之思斑管拈毫

總是傷心之句夫其風流詄蕩意態沖融霧夕霞朝家住青楊之巷雲林烟嶺人依黃海之峯偶襆被以遨遊遂掎裳而登眺大艑載月朗吟呼海上之鯨古寺披雲矯首盼山中之鶴秋燈明處戍樓之霜柝三更旅夢回時野店之荒雞一片裁成七字開元大歷之音搆以四章供奉拾遺之調嗟乎江山滿目祇供才子沾衣珠玉隨風未許他人拾唾糙亭如沐知小姑定嫁彭郎粉面常新信仙子終輸平叔也

詠花詩序

雕雲四照枝横光碧堂前暖霧千層影覆夜摩天上錦

闌玉砌宵酉未睡紅粧彩檻金鈴春戀餘香翠幄擔風握月早懸琬璧之心翦碧紉丹共詫珊瑚之舌倩夢中之彩筆化作瑤魂憑空際之香風結成瓊想芙蓉城裏新加九錫之名薝蔔林中好認衆香之國嗟乎封姨十八無非妒色之人隋苑三千孰擅裁春之巧而乃代癡紅而識過閈趁蜂忙替怨綠以言愁黠偷鶯慧將毋繪郎中之影空腐吟毫括御史之香徒畱恨譜然而一聲羯鼓幾令喚作天公千朶鬘華疑是散來天女看秋光於七夕輸君吉慶之花問釀法于五加示我文章之草

贈方聖述先生序

風和日麗家家看造榜之天肉奮絲飛處處聽解神之曲鰕湖鷲嶺一片春烟竹杖花瓢幾郵社酒而僕也又偕計吏將書驢劵以遄征忽憶良朋偶過龍門而作别翦西窗之燭扣鉢狂歌開北海之樽持杯讕語頻呼賤子爲述家公索四駢六儷之蕪辭表八俊三君之雅範蓋歙西方聖述先生者我友方子集三之尊人也夫其家多隱德斗中懸孝弟之名世濟芳聲海內著元英之號韶齡穎慧破襛浮毬綺歲端凝停淵峙嶽沖融器宇般阿源有德有言散朗襟懷李普濟入鸝入細接人用摧持巳扼蔽排難解紛毀庚市懷中之玉襆情卷欲擲

華歆地上之金高談則辟易千人岸巾自異秘計則盧牟六合借箸多奇投轄留賓萃沈謝曹劉之侶揚帆作客遍漢湘章貢之區凡厥數端皆堪縷述然而春葩滿樹必緣根本之生機秋潦灌河惟恃源頭之活水使闈闥未敦其天性雖折節萬夫之上總屬窕言苟壎箎稍戾夫雍和則抗懷千載之前能無惡色乃更徵其粹行實足挽夫頹風萊子荆蘭曳蜀錦吳綾而褘褓殷郎瓜果盈蒩盤欒榼以膨脝魚寄筒中波隨蔓達飯留鐺底粒共心焦既多養志之歡彌篤因心之愛柳公綽小齋會食無間昏昕姜伯淮大被同眠何分寒暑迨至原鴒

影斷傷弱羽之先凋冰鳥恩深育孤雛而代哺付夢中之座席屢有嘉祥饋林下之饌盤略無難色蓋其眞醇有本故祇修孝友以作家肥因而推暨靡窮無非佩仁義以爲身寶封榛闢之高壟堂斧歸然妥栗主以崇祊楠櫰煥若敬宗收族譜成蘇氏之亭賙厄恤嫠粥設黔敖之路釧童寵妾約不苦以王褒枌社孝親火待舉夫平仲綜其素行君眞不愧古人仰厥芳規人競呼爲長者其才具也旣如彼其德性也又如此是固宜馳驅詄蕩黼黻隆平桂槐占孫偓之榮庭棗應趙熒之瑞而乃棲心澹泊屏跡塵囂鹿柴鶯巢寄傲逍遙之谷笛牀琴

薦怡情安樂之窩齋署小眠彝鼎晃朶恩而暎日園名
獨樂松篁繞筣笆以吟風搜嫏嬛宛委之奇編較魯魚
而謀剞劂購淳化宣和之秘本辨眞贋以付裒池是又
其命意孤騫適情蕭澹丹轂朱輪之輩竊堪與把臂而
遊青城紫府之儔猶未免盱衡而歎者矣敢伸鄙語用
質大方飲猶差勝夫公榮遊豈獨因乎仲舉此日驪駒
歌罷姑別君于東風駘蕩之前他時白雁書來定憶我
于北斗闌干之下

道光歲次丙申孫珉謹編次

曾孫疇

醍校字

棕亭駢體文鈔卷之三

全椒　金兆燕　鍾越

序

萬明府詩集序　萬君名世甯江陵人

羅含宅畔家餘蘭菊之香王粲樓前人得江山之助暮雨灑湘娥之淚青草黃陵斜陽開估客之船白沙翠竹由來勝地定產才人行吟多楚些之音屬和盡陽春之調于是紅綾熤爚敷桂影于東堂墨綬繽紛布棠陰于南國敬亭雲起謝元暉吟眺之鄉秋浦波明李供奉酬歌之地控清潭之赤鯉仙慕琴高尋古寺之白雲詩留

杜牧雙鳧到處水秀山明五袴傳來牧謳樵語乃以垂簾之暇偶工刻燭之奇坐訟庭而響答詩筒顧掾吏而電馳文陣印牀花覆閒拈斑管而愔愔琴薦苔侵獨擘瑤箋而纚纚清風遍挹久欽水蘗之操明月相迎更探松蘿之窟蘇窮鄉之涸鮒路入新安懸鄰郡之枯魚八懷舊德黃山晴海盡生遠眺之情白嶽枯松堪作孤吟之伴小胥抄就字字生香巨集編成篇篇琢玉豈第政成三異茅簷盡呼姓名見定知聲徹九天槐座看豎忠爲韻

葯畊上人詩序

十里之紅樓靉靆盡是摩登千年之白業沈淪誰尋般若而乃綺羅叢裏獨參大覺之禪簫鼓聲中解出岡明之定螢飛古苑悟刼火于無生柳拂長堤識空花之最幻芙蕖根淨眞獨拔夫汚泥薝蔔香淸誰更同其臭味然而鍊心於寂固惟擒毒蟒之蹤跽證道以言亦何取啞羊之躑躅使面壁而全無文字則一百八聲佛號持櫶珠亦屬寃言閣筆而不事推敲則四十二章眞詮啟榆欓幾同贅語所以樹皮木葉空山多悟後之詩鷲嶺龍宮古寺有續殘之句也顧氣未除夫酸餡則筆難吐以香雲何圖花月之塲獲誦烟霞之句探囊中之餘智

君是支郎翻臺上之遺經我慚謝客干聲砉帚敢自詡無礙辨才六腳蜘蛛好與證幾番公案倘許借觀社會敢辭居士攢眉何時暫破工夫聊爲俗人拭涕

陳彭年詩集序

今夫趨神空谷非無閉門覓句之人匿影幽巖不乏仰屋著書之士然而嘯詠乏江山之助振采終難編摩無賞析之功摛華匪易至若攢綺羅于几席不解裁綴置礚砥于門庭罔知磨錯則班香宋豔枉依騷雅之壇月榭風亭虛住神仙之窟既玩日愒時之鮮獲將地靈人傑之謂何惟我彭年陳子者品重三君才逾八斗王恭

春柳濯于之魄以常新景滌芳蘭抱香心而自貴家傍採蓮之渚慣聽吳歈居鄰響屧之廊每逢越艷左神洞壑堪尋奇蹟于仙靈北郭園亭足丐殘膏于往哲宮中梧落秋心早入毫端江畔楓明好句自盈篋裏而且偏能取友結向嵇于翠竹林中轉益多師儕董薛於白牛溪上所以揚波學海擊濵水之三千抑且掉鞅詩衢騁雅材之百五也僕也性躭結客語鮮驚人浪跡江湖愛蠟阮孚之屐寄情翰墨空攜李賀之囊爲尋廡下之伯通喜遇車前之仲舉甫入芝蘭室內心醉芬馨如遊睢渙水邊目迷藻繢辱承謳誘莫罄揄揚聊綴小言以呈大

雅君眞雄伯頓令余焚硯窗前僕本恨人莫向我碎琴市上

方東來詩集序

巖碕秀麗任彥昇露冕之鄉山水清佳徐士績擁麾之郡沅溪懸瀑天紳則競繞千峯歙浦濺濤泉脈則遙通五嶺居斯地也爰有人焉鐫琬壁以爲心琢琅玕而作骨徐勉綺歲爭傳祈壽之文宗慤韶齡夙抱乘風之志文成三睡珠滿行間賦就八叉香生字裏荼蘪小院鶯銷弄晚之魂楊柳高樓蝶選酣春之夢少陵溪上千朶萬朶之花庾信園中三竿兩竿之竹峻淫頑癖枕藉書

倉崔聖張顛縱橫墨海固知技分柳惲何止足了十八才較盧郎無不誇爲八米矣僕也新安江上久爲搖艇之遊舊雨燈前偶作班荆之話吳少微故里定多臺閣文章于方外仙區豈少烟霞韻格遍爲傻指盡淩顏轢謝之儔靡不醉心切附呂攀嵇之願乃有洪芍吳子離席而起攘袂而言美玉固重於連城芳草豈遺於十步探珠璣于南海誠若君言求騏驥于東鄰無如臣里于是車停薄笨便欵膺門巷轉逶迤共披蔣徑斯時也水邊祓禊湔裙之士女紛闐郵畔解神賽社之歌弦競沸而乃元亭寂寂獨撻戶以抄書白晝愔愔正循廊而索

句攬衣一笑相呼避客何深揮麈片言便訝此君小異蓋自昔長箋短版已久窺妄石碎金而今玆麗句清辭乃盡覩士衡積玉君眞健者在鄙人何敢貢諛僕亦狂生於餘子未曾妄歎勿笑論詩草裏已幸逢此日元英敢言作序賦前竟竊比當年皇甫

韋葯仙詩序

半郵黃葉停鞭歸秋士之廬一穗紅燈促膝話江關之夢檢琳琅于篋裏大有異書引商羽于里中非無同調展千番之側理香滿行間研半笏之輕烟光生字裏夫其敲金戛玉鏘元和大歷之音鍊爽研昏劘供奉拾遺

之壘此固吾黨之所共讓而亦海內之所通稱無待鄙人更爲贅說獨是因君侘傺觸我嚬呻片鐵池中聞哀弦而自躍孤桐嶺上叩石鼓而應鳴是用一言聊陳四座今夫銅溝金穴綺羅鄧許之家綬笥芻囊冠蓋金張之里園林夾道蘭亭梓澤之豪奢粉黛充幃宋子齊姜之豔冶此自華胥世界別有行仙夫豈薄福文人所堪側想若乃山中拾橡澤畔撈蝦守先人之敝廬悅親戚之情話綠簑青箬徜徉遊釣之鄉赤米白鹽宛轉庭闈之下安牀竈北足企腳以高眠避世牆東堪解衣而偃息則閉門覓句即顣頷以何傷仰屋著書縱窮愁其奚

憾而乃危檣側柁偏爲風波之民破棧羸車慣作星霜之客登樓王粲歲歲依人叩門陶潛年年乞食吳頭楚尾橫江看帆影千重趙北燕南古道望戍旗一片洗征衫之塵漬半是啼痕聽孤館之寒蟲無非離思縱使江山有助屢滿奚囊其如霜雪無情偏侵客鬢嗟乎顧相如之四壁題柱何心歷鄒衍之九州立錐無地是知灞橋柳色朝朝代客子以魂銷巫峽猿聲處處爲征人而腸斷何必道旁土偶方憐桃梗之常漂因知枋下鷽鳩競笑鵬溟之靡息矣君猶小住好閒袁遊覽于鈔胥僕復遄征且共訴飄零于杯酒

閨秀曹若賓玉暎樓詩序若賓名录和上海孝廉黃文蓮室

自昔軒中寫韻共驂仙嶺之鸞車上贈詩獨引層霄之鳳傳爲異蹟豔厥芳聲第事既近于荒唐則文或疑其附會至若廡下諸傭不少梁鴻之婦田間野叟亦多冀缺之妻然偕隱而不文豈無才之爲貴伴車允于翦刀池畔幾會竊螢照之書坐郗璿于瑇瑁袠前未必諳鵞羣之帖所以聞雞挽鹿不乏令範于閨闈而銘菊頌椒獨擅香名于翰墨也星槎黃子詩壇雄伯文苑上流偶于班草之交爲誦詠蒲之作白藤書箋尋琬璧之新編黃緗帽箱檢珠璣之碎稾裒爲巨集索我小言盥薇露

而低吟香生字裏染松烟而細寫光耀行間錦字與織女爭華麗彩共姮娥競爽足令子山閣筆不敢代他人作與婦之書固宜東美傾心猶欲向孤館尋比肩之夢矣遙想陌頭柳色定知凝粧者悔覔封侯芷看馬上花枝可許不櫛者同稱進士

華亭張大木先生幻庵詞鈔序

蓋聞靈花四照自多婀娜之枝仙露三危必無齏臼之味山賓玉而土潤川濯錦而波明華鯨鏗無射之鐘衆音皆貫巨堰躍蕤賓之鐵羣鑌胥調豈徒繡鞶帨以爲工拾香草而自佩已哉幻花庵詞鈔者華亭張大木先

生之遺稾也先生擷芳詩圃濬派詞源都荔鬱奩之香孔鸞振熠燿之羽偶分餘技足了十八更愛倚聲遂成數帙郎中花影豔生[illegible][illegible]之箋女壻微雲色映蛐蛉之管柳三變應爲斂手張玉孫乃有替人僕也學謝書淫性耽音癖懷鄉雲外閒情但付柔奴寄跡籠中瑣語惟抄星孛畝壁譽舊時之恨秋水春山悟法明醉後之禪曉風殘月舞柘枝於老婦顏惡何堪夢秋鶯於眞師心儀斯在竊窺大雅聊綴小言

沈沃田先生栖香詞序

蓋聞珠銜龍頷餘輝燭萬里之陰翠集鸞翮片羽著九

苞之彩臨洞庭而張樂阮谷先盈按王會以為圖羽旌咸備雖智探囊底無勞頗牧之全軍而巧入棘端彌見般倕之妙術也沃田先生九峯眞逸入詠名家排巨翮於雲間建高標於天外東西陸氏近接芳鄰大小毛公遠宗絕學桓君山人欽素相楊子雲家有元亭圖籍等身既任筆廣談之緯繡宮商應手復周情柳思之紛披蓋先生詄蕩為懷迍邅感遇攬衣征路遍榕城桂嶺之鄉結襪天涯盡橘弟槐兄之輩逢曲中之舉舉不少狂言贈席上之輕輕便多綺語歸郎帳裏貯舊夢以迷離鄂渚舟中對新波而宛轉倚尚書之紅杏春意誰知拂

司馬之青衫淚痕斯在淺斟低唱柳屯田安用浮名茅舍疏籬李漢老只懷幽谷所以鳳頭豹尾久標赤幟於詞壜因之玉滴霞箋競寫烏絲於樂部井華汲處盡是新聲錦帊織來無非麗句作山谷空中之語慣寄柔情悟法明醉後之禪頓成慧解處處託李奇之曲人人停王豹之謳在諸家既把臂以入林而賤子尤傾心而抽簞也嗟乎春風香繡憶舊夢之都非夜雨冰絲渺奇緣之難再衍波幾幅年年只賦曉寒題鴂一聲恩恩又催春暮飛柳綿於枝上對此何堪皺池水於風前干卿甚事銅琶鐵板趁此宵且唱江東春樹暮雲知他日定懷

渭北

蘭谷詞序

文人失職每致嘅於當門騷客無聊獨寄懷於紉佩蘘蘘室谷誰搴澤畔之芳寂寂枯琴且譜山中之操挈梅弟馨兄之侶一花而香已有餘賡紅腔紫韻之聲十步而玩之不足也先生氣馥堪吹體芳共挹入君章之室內不蒔繁蕪爭摩詰之盆中祇留仙卉偶耽綺語別具閒情按拍選聲借作驅愁之計敲宮戛徵聊爲破悶之方煙雲任厥雕鎪筆墨供其游戲倚尚書之紅杏春在毫尖對學士之微雲秋生腕底香薰豆蔻宜裝玳匣以

深藏露浣薔薇作捧瑯箋而快讀似澡銀塘之水百節皆馨如簪繡帽之英千人共羨將見井華汲處歌曉風殘月之章竚看御札傳來寫寒食春城之曲人世難逢開口且須投玉女壺中此花原是前身好相遇木蘭舟上

汪圭峯飛鴻堂印譜序

糾蝸涎於苔壁似欲書愁縈龍腦于蕙爐偏工寫恨水中科斗分明畱太古文章雲外蛟螭彷彿散諸天簿牒然而凡將急就誰披宛委之編篇海說文半蝕羽陵之蠹雖復繡褫錦贉畱欵識于宣和蛟腳鵠頭鐫姓名于

盉鼎麟蹲玉鈕龜轉瑤函駟駐雖工烏焉屢舛竊來晉鄙將眞贗之難分倒用司農亦糢糊其靡辨譬之吳綾機上早經緯之全乖楚舞盤中偶步趨之失節徒供姍笑詎免瑕疵何圖新樣之奇觀不失古歡之遺範頡皇史籀對此非遥程邈衛恆方斯尙恧忽訝千秋蟲鳥生面重開頓令百代蝌蚪舊塵盡滌佩天上黃神之印雲雷隨豁落圖開濆宮中紅桂之膏風月與綢繆記承持來寒具敢復污靈寶之書玩罷貞珉好細認茗華之字倘獲賜蒙刓後則迴鸞翥鳳何須尋瘞鶴之銘如許春向夢中則縈蚓塗鴉庶不誚買驢之券

江橙里集玉田詞序

鯖合五侯之美葱湪皆調酒含百味之英蘭馨斯發珠穿乙乙遂成瓔珞之奇觀錦織層層全藉組紃之妙手然撏撦詩句不過五言七言若排比詞家或易同音同調未有抉百弓之畝澮另起波瀾卸七寶之樓臺自爲模楄如橙里詞人之集玉田詞句者也蓋其好之旣專故爾契之最密本杼㭊而機合自軸運而輪隨意必標新語惟仍舊牽橘柚槐榆而爲兄弟雜金銀鉛汞而配丁壬信手拈來無非妙諦操觚立就不似陳言裁月縫雲別具神工之巧迴黃轉綠全憑鈎匠之心前無古人

後難繼者劃白雲之片片知惟君能向山中記紅豆之聲聲可許我同聽花下

可姬詩序

蓋聞才子一生半多惠歎文人九命未免蘭摧珠樹易凋誰挽乎安之駕玉樓遽召難招長吉之魂自昔傷心同爲短氣至若深閨弱質偶愛吟哦不櫛書生自躭鉛槧斯雖奪江郎之奇筆無望貂蟬卽令逼伏氏之遺經豈謀青紫固宜造物之所不妒而彼蒼之所垂憐者矣而乃頌椒文麗不克延年索燭詩工只堪鑄恨女青亭畔盡礩桃咏絮之才暘遷館中忽染柳薰梅之伴誌朝

雲之墓欲碎鸞牋拈小玉之釵空悲燕冢靈均呵壁難問愁天精衛塡波莫量苦海此張子所以刻可姬之詩而爲之腸斷也嗟乎綵雲易散原難堅泡幻之身詩卷長留卽永偕笄珈之老春風開繡帙何須呼妙子於稠桑夜月聽哀吟定倘伴郎中於花影云爾

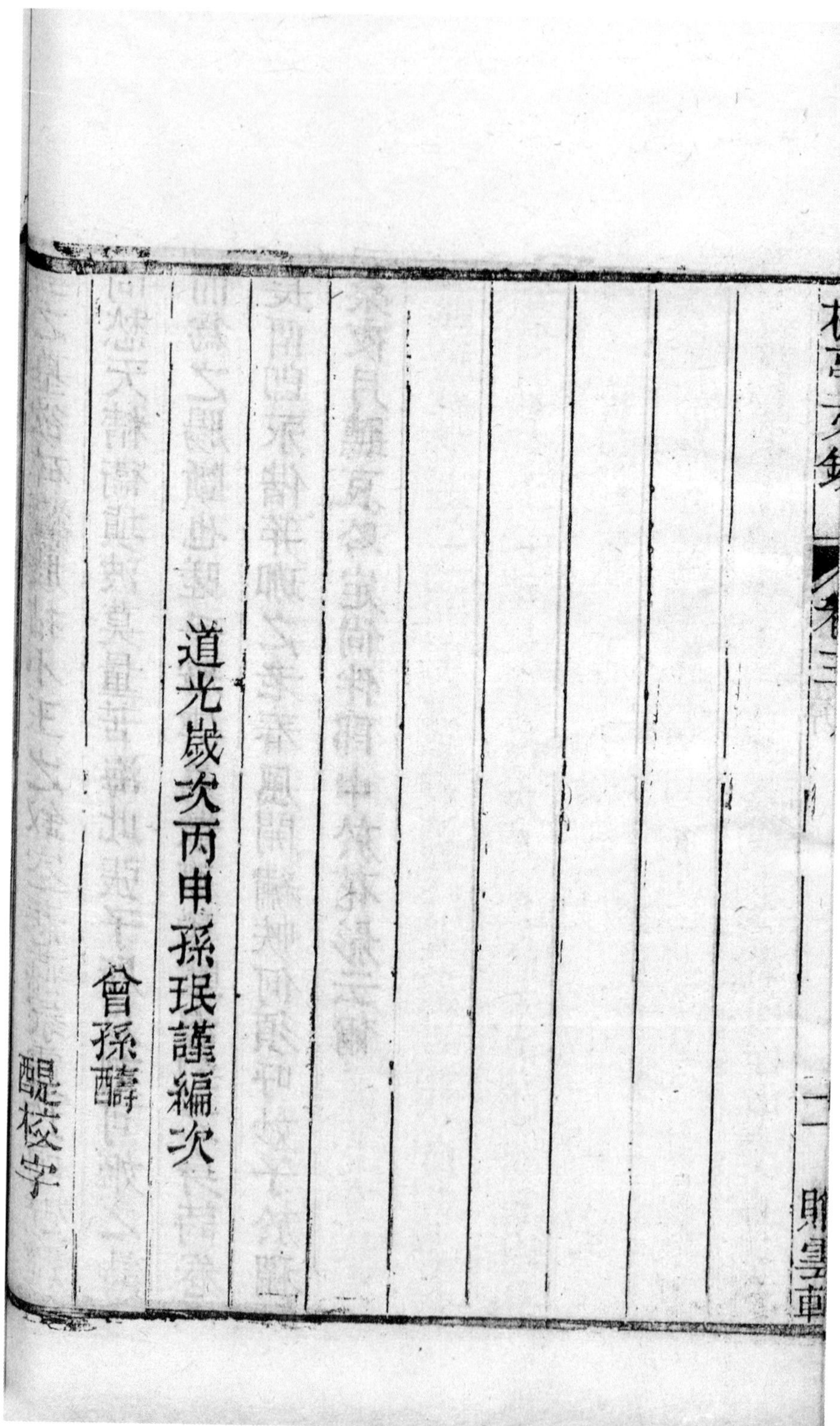

道光歲次丙申孫珉謹編次

曾孫醻
醍校字

棕亭駢體文鈔卷之四

全椒　金兆燕　鍾越

啟

乞鄭松蓮書啟

蓋自大鳥雙翮人傳茨仲之仙孤松一枝世仰崔瑗之聖右軍而外承旨以前溯厥名家難爲僂指然而扇持柳惲詎秘奇蹤裙曳羊欣獲留佳蹟蕺山老嫗能盈市上金錢曇礦荒邨永著人間墨寶使第中宵畫被未許旁觀亦惟侵曉書塵祗堪自喻則茂漪弟子誰覩簪花杜度精徵空傳琢玉雲峯多幻劍氣難逢縱善心師終

慚腕劣昔年邗上素仰芳名今日漸江幸親芝字絲繩玉尺高風瞻處士之星青壁丹巖遠操銘幽人之宅邇者邱亭夢斷闌暑涼生偶遇同心攜來便面箕張鼎萃驚彛體之端嚴槎蘗藤懸訝草書之逸勍鵠頭蟲腳比擬難工鷹峙鸞騫形摹詎似展陳遵之牘愛玩無窮捫索靖之碑徘徊不舍麥光紙上疑繞雲烟栗尾管中應韜綺繡從此過昭陵之隧不復思眞本於蘭亭如其投庾翼之懷儼頓還舊觀於章艸兆燕雖穿自惡鐙撥無從竊學夫人舉止每慚其羞澀徒愴餓彛形容難變其拘攣永歌習而未工戈法補而終贗幸免識丁之誚聞

尋脤望於互籤非剴諱丙之期空守漭姬於璃匣睹酒家之壁鏡慕清標書夢裏之碑恨無幻術遙瞻鐵限敬致瓊箋伏乞蕙帳濡豪蕉窗染墨雲甍五朶連蜷翡翠之䑓水滿一泓瀲映蟾蜍之腹三十步望船肅拜爲任恇營五千言握管通神庶無靳惜用是懸之帳裏庋以梁間毿筆精毫日臨摸其百本貞珉綺石留椎拓於千秋錦贉生輝玉池煥色此日鸞籠開處共賞心於春水波中他時鶴板傳來看揎袖於御簾影下

吳碧波先生六十壽屏啟

伏以雲飛青陸延陵覿樂之時日麗朱轓襄渚流觴之

侯珠履森齊夫槐柳三豆筵開璚箋紛祝乎岡陵九醖酒熟綺䣽鬖鬑堂披君子之風繡陌縱橫野泛社翁之雨杏蕊共雕雲煥彩蘭膏偕粉月騰輝九十春多八千算永恭惟先生隱之雅望季重清才問爾鮮於名邦淮南豪俊呈錏摫於上國江左華腴杜荀鶴草兆科名鄭康成里多冠蓋門施梐梐炊金饌玉之家堂滿貂蟬附翼攀鱗之侶知公侯之必復爰英異之篤生交黼魚油綺歲協桓驎之韻光騰虎氣韶齡具荀羨之才甫當蘭成射策之年久抱方朔上書之志蜚聲鳳闕筵羽鵷班遂釋褐以朝天乃鳴琴而出宰楓宸題柱九衢傳燕市

之名竹閣垂簾三輔紀泉州之績千邨羃歷香河則雨徧春田萬竈温暾碧海則霜飛暑路蘆臺鴟散空山圍聖母之祠花縣人歸曠野聽神君之頌迺政成撫字爭仰羨乎雙凫而最報循良更超遷乎五馬虎符在握白登之霜月俱清鹿影隨車紫塞之塵沙不擾李陵臺上番馬宵眠蘇武城頭渴羌朝款坐莎廳而晝靜久淡宦情聽篛管以秋懷常縈鄉思洪波虎渡競快歌馮紞鼓雞鳴終難借寇攜去鬱林之石何異琅玕孥來合浦之珠無非薏苡入君章之室內蘭菊猶存坐景節之齋前蒐茄斯在家著一經之訓庭畱萬石之風長君則槐市

陰濃已簟抽夫上舍次君亦芸窗日麗早軔發乎天衢含飴列錦褓之華蔓草盡緋袍之彥展也名家盛事猗歟聖世嘉徵茲當修禊之辰恰值杖鄉之歲年周甲子金莖舒不老之花日守庚申碧柰發長春之樹芹茸努碧魚標隨曲水以彎環桃浪翻紅鳥語入深林而格磔御人歸之緩緩綵絙長牽挽春去之堂堂花茵列坐細草映踏青之履裙幄弸環飛英依蘸碧之衫柳圈匼匝取油花而點水預卜期頤掣鈴索以牽絲俱供指使嫌編畫錦燦爛朝霞某等德重二君情深二仲愛龔蕙蘭之氣香滿中林竊叨縞紵之交名馳上國雲裘烟駕半

松喬僊祿之傳綺菜琅葱書臛煎熬之美按秦箏而排雁柱聲和餳簫磕越砥以拭鵝膏光浮水劍會遨撲蝶聊以代枌社之歡酒蟻聽鸝即此勝蘭臺之聚攜上鞦韆之駕共作飛仙闌來玳瑁之筵且呼樂聖傳語青楊之巷同瞻紫障之輝謹啟

汪母王太孺人九十幛辭啟

伏以嘉平紀序金烏躔婺宿之輝大呂調元玉琯協羽音之奏北堂高而芝蘭繞砌色射楓林南極燦而玳瑁開筵香浮橘釀受介福於王母誥令祉於文孫小歲初臨大年是屆恭惟太孺人太原壼範鄮水閨師代著文

章海內仰青箱之學門高棨戟橋邊傳朱雀之名笙鶴清香遙聞天上鳥皂佳話常挂人間祖德宗功洵淵源之有自廷推鄉譽信流播之無虛篤生偉人既擅鬒眉俊杰鞶爾女士復傳巾幗芳徽鞶裘衿纓競說閨中之秀筐筥錡釜克尸牖下之齋西窗賡道韞之詩風搏絮影東觀著惠姬之史鐙閃藜輝逮作配於平陽遂嗣音於越國溯其先世會邀天上緋魚景厥尊章高折月中丹桂肯堂肯構彬彬乎詩禮鴻儒良治良弓奕奕然膠庠妙選維時內則咸重孺人調琴瑟於房中奉敦牟於堂上潘請醴湯請洗必敬必戒勤劬乎三日五日之爤

廾親緺白親嗟何有何無黽勉夫二誧四鬴之給鹿車挽月甘同鮑氏淸貧燕麥飄春聊樂巴家驟富春秋洽比苣蘭聯姻戚之歡早晚修嚴鶩鴨忌比鄰之惱練裳葛屨無數煩捫襲牖繩樞不辭補葺雖滕下人琴侘傺蝶夢依稀而庭前頭角崢嶸龍文競爽慈孫養志何殊上表之情新婦承歡大有乳姑之孝蘭心蕙質珠光皆南浦之珍桂粲辛楣玉潤盡東牀之彥蒹葭之孫曾繼起索已逾三行見雲礽迭興麗將不億茲杪冬之五日正華誕之九旬恰乎乾數之隆筬雖九而未究永協坤貞之吉蓂既五而猶生金猊爇送暖之香爐烟靉靆銀祘

壓卻寒之骨簾影夷猶鮐背負朝暉竹杖拄罘罳之外鶴髮看戲綵板輿乘窗㝅之間雪藕冰桃掩映凍梨浮垢色嶺梅隄柳紛披枯樹發陽春帛絮賜自上方衣裳綷縩粟肉頒從內府醫臣紛紜何須面藥奇方顏無皯鶵疑有瀋花妙術身轉康彊誠哉地上行仙展矣人間老牖萊等忝綠衣之未坐愧彤管之無文曩叨鮑叔之知締素交而三代願上成風之頌祝黃髮以千秋鼓擊細腰春草發喧豗之籟輔生靦齒臙脂含瀲灩之香亭葉菩奚頭氣盎醃醰凝緹齊春雲斟斝內光浮瀲灩泛四心悅設華堂齊快大觀於畫錦籌添海屋將同無竟

於員邸敬邀六蜡之賓共侑三升之觶謹啟

吳母晉太孺人六十徵詩啟

蓋聞千尋勁竹青鸞翔三素之雲百歲貞松白鹿餐九危之露香名迭迭經煎焚而馨聲逾濃劍翳夫襓加礛淬而光芒愈煥從來才子半吐奇於陟危履險之秋自昔名家多奮志於錯節盤根之下如日幽潛之必發定屬坎壈之頻仍在鬢眉而其理不誣豈巾幗而其塗或異吳母晉太孺人江北名家淮南華胄遡其餶鮮雲中聞緱嶺之笙譜厥箕裘天上賜河汾之繡李星朗曜長流則雅善平反槐蔭龍蔥學市則尤明經術太孺人幼

而端淑長益柔嘉書著豐生聯袂協惠班之侶詩成道
韞摛豪喧太傅之庭香茗新詞綺交繡錯簪花妙格鳳
泊龍漂迺以西晉之名規爰作東吳之嘉耦先疇可述
祖德堪陳棗拂庭前卜趙瑩之必貴槐生柱上知孫偓
之將榮侍讀公鵲起金閨鸞棲粉署早夢懷中之錦旋
探上苑之花竝韡跗而枝發五衢標淡墨而人呼四傑
因已華膴籍甚閥閱巋然逮鄉賢公樹物望於一邦洎
主政公纘家聲於三世牀頭置笏人驚崔儼之家座上
彩纓客盡鄴陽之輩而某年世臺則峥嶸虎觀蹀躞雞
壇粹行晶瑩璧雙宣而無考雄文的皪珠九曲以皆穿

楊彪爲伯起之孫公侯必復謝萬實藍田之背弱冠知名維時太孺人潔爾蘋蘩佩其璜組桃酸芍醬無勞脯掾之經營蜀錦吳綾共詫鍼神之紉綴紫茸帳裏馬倫多侃直之言青玉案前德曜擅清高之譽無何而圓冰乍缺遽歎鸞孤斷竹空悲燕鷰鳳靡金刀錯掩看碧落以瞢瞢瓊樹枝凋痙黃壚而孿孿從此苍菰之草心緣屢拔以多傷遂令臨岳之絃調值偏彈而倍苦春閨晚晩半欄獨活之花曉雨迷濛三尺孤生之樹蒻刀池涸螢入夜以青寒脂粉塘枯蛾當秋而綠黝貞疑化石悴顏共石髮以鬖髿志切履冰泣臉映冰錢而沸濡所以

風傳梓里久已欽曹憲之芳規因而名達楓宸特爲表巴清之雅操此觀型百世漢劉向所以成書著範千秋宋尙宮於焉作論者也抑有說焉尤其難者今夫河間姹女雖知春石上之粱譙國夫人只愛張馬前之纖李妓瞢妹盡日拳帬馮衍悍妻終朝抵掌吹篪道上相矜老嫗之能恤緯閨中未識孤嫠之職一自代諸臣而作謚便思倚健婦而持門道旁爭遺秉滯穗之餘室中起新婦小郎之釁縱三從之無忝已七誡之多違而太孺人淵塞爲心溫恭成性魚租雁稅總淡泊以無營椎髻練裳屏鉛華而不御五夜禮龍華之懺燈晃蓮臺九天

散鴿座之花香生柰苑大觀在上甘節維亨知泰運之
將隆信坤貞之有慶縱蘭心萎後恆嗟江氏才君而柘
館移來競羨阮家孝緒迮見魚軒八座定伸捧檄之情
旋膺鸞誥五花大慰倚門之望兹庤逢乎五月正年屆
夫六旬堂敷萲帶以忘憂八對竹篛而共醉虹丹九轉
竝寒饌以供陳霜散千堆偕甘瓜而齊進申王座上蛇
以冷而常蟠李相盤中龍欲飛而還貯錦棚高矗響傳
九子之鈴茵席平鋪風動七輪之扇青枝散彩槐樾連
蜷綠葯垂珠蓮房窋窀遏雲檀板郭郎之舞袖婆娑薇
日榿林齊女之歌喉宛轉酒浮螘綠鶴觴飛雪檻之間

脯昊蚪紅麟拂挂冰山之外某等堂躋白玉管佩彤箴才愧潘安未克代任妻而作賦學慚晁錯毋思緣伏氏以傳經伏冀夢篆才八熏香詞客錫之琬璧佐板輿三徑之歡寵以圭璋表松蓋千年之操此日椒圖煥彩共掎裳於碧慮屏前他時蘭藹生輝應受籙於緋羅天上

謹啟

徵趙某翁配陳孺人六十春言啟

蓋聞易氣鍊形犢子配蓮眉之侶飛輪浮景木公偶戴勝之仙自昔坤貞同孚乾健故編成劉向特標巾幗之芳型而號錫義成不滅鬚眉之令譽然而頌郝鍾之禮

法半屬宛言摭曹謝之文章無非讕語稽其閥閱苟豪擅五陵詢厥閨房斯嬓稱四德紫絲障麗大都鄒衍之荒唐碧慮屏張悉是偃師之傅會柴桑鄙裏誰知陶令之妻蘇嶺山中莫識龐公之婦何殊貞士與尾塗中豈第才人潛珪泥下則有如陳孺人者江浦趙某翁先生之淑配也少嫻婉嫕之儀長習柔嘉之訓十三織素雲繞香蕪二八裁衣霞生廣臾採桑陌上羅敷則日照樓隅詠絮庭前道韞則雪飛奩畔及其歸我某翁先生也以宛邱之名閨作平原之嘉耦椓聞郫魯翠壓欣穲稏之相聯郵近朱陳紅樹幸參差之可接緹帷竟道爛雲

厂以生輝樺燭迎車燦霜巖而耀目維時某翁先生則觥觥名宿佼佼諸生摛毫而花吐青蓮下帷而秘窺黃石齊聲名於北里庭多瓊樹之枝問門第於南朝家近金陵之縣山中射虎意氣飛揚樹下聽鸝襟情瀟灑田堪績命常聞開劉氏之倉酒必邀鄰詎待祭孫家之竈綜其行誼不愧古人緬厥高風多由內助承歡兩世敦牟潔滫瀡之供式好一門井臼庀晨昏之職是隴中之蓁跡甘偕冀缺辛勤聞帳裏之緒言不讓馬倫才辯翠釜耀銀絲之膾自啖黎祁紅裳壓金綫之痕不辭須捷儀儀璘藉祝苑菴於三眠蹁躚花冠棲翰音於四壁銀

瓶素綆寒漿綸白蓺以踟躅金籠玉鉤纖手挽翠條而彳亍捼莎午月響秋聲於香杵玹礁彊槊庚泥沐春雨於耬車秧馬此韓邢尹姞所共讓其芳規而許史金張應羣推其懿範者也茲節屆夫三冬正年周夫六甲望周變之廬於岡畔雪貌皚皚舉梁鴻之案於庭前霜華歷歷黃團低挂背襟之藤蔓連蜷白小潛浮塘堰之冰楞缺齾酡顏炘龜竹杖閒攜宜髮鬔鬖金莖自戴任謝雲霞之友共掎裳連袂而來范張雞黍之交亦提榼稱觥而至某等才慚蘇蕙擬錦織於機中德羨伯鸞偶交成夫曰下池畔覓翦刀之迹堪嬔車公階前聞機杼之

聲每思羊子伏望錫之麗製惠以鴻篇矉瞨登白玉之堂箕笏拔紫雲之曲向鮑姑而索艾定療臣狂看毛女以餐霞無嫌客醉

徵吳仲翁配李夫人五十壽屏啟

伏以楝花風暖欣福祉之岡如瓜蔓水生慶壽源之川至婺星中而正旦光浮醴醆覩晴霞麥浪起而先秋色映芍欄凝曉露仙李蟠玉華之澗含桃薦晝錦之堂節紀清和數爭大衍恭惟吳老年姻母李老夫人隴西壹範譙北女宗華冑淵源問姓者爭傳指樹名流炳蔚入門者競羨登龍寵荷絲綸循良第一德堪俎豆孝義無

雙泰方隆而椒衍瓜緜巽初索而蘭心蕙質才能續史
閏窗下之藜輝性善賡詩飛簷前之絮影繭絲麻枲克
尨女紅棗栗堇荁無忘婦職逮作延陵嘉耦遂嗣讓國
徽音維尊章德翁先生錦濯西江墨綬報三年之最曁
尊姑曾老孺人教傳東國翟衣膺一命之榮而仲翁年
老媚臺則褐裘之眉宇驚人玉山朗朗側帽之風流動
衆國士翩翩儷以夫人雅稱淑配釵荆裙布跽堂上以
捧匜芥醬梅諸入厨中而洗手醴面燂潘之暇時補綻
以紉箴施鞶佩帨之餘猶拚席而膺璫珠簾鴛錦繡滿
院之春風金井鹿車挽一庭之秋月綸縄弓韔樂哉與

子同心案舉齊眉洵矣及爾偕老調房中之寶瑟無非無儀送天上之石麟有德有造長君則文章燦爛行攀月裏之枝次君亦頭角崢嶸正蠟堂前之鳳今茲四月下澣適當五秩良辰露浥桐孫黛參天而欲滴雨肥棋子黃映日以俱垂櫻筍廚開玉版共蠟珠並進蓬瀛宴盛冰丸與雪藕齊陳竹肉繞梁長拍歌短拍歌和柳下之鶯簧宛轉氍毹鋪地大垂手小垂手伴花間之蝶舞蹁躚南嶽夫人向雲中而控鶴西池王母從海外以乘鸞共奏鈞天同登福地某等誼關蘿蔦社集枌榆女史有箴久已德欽女士閨師咸仰甯惟化洽閨門草色如

袍羨霏霏之挂綠花光侶綬看若若之拖紅映縧帨以
騰輝屏開雲母升華軒而介壽酒進霞觴岦望醽金亟
需製錦謹啟

張某翁五十徵詩啟

某年月日迺某翁張君五十攬揆辰也夫其姓列星躔
家傳霧市溯長公之舊籍簡蘚嶙編入安世之華軒階
闢駊騀華子魚揮鉏之暇肆力詩書馬威卿擊劍之餘
耽心墳典光騰虎氣踸踔乎棗心蘭藥之間彩豔魚湢
枕蘼乎玉蹬金題之下芹池漾碧佼佼諸生袍襭花藍
翩翩才子杜預則猶存左癖寶威則祇賸書癡既富才

華尤敦行諠叱牛塍畔聲驚趙至之心伐木山中淚掩楚梁之袂天上賜七年之菜园卵膨脝庭前叟五朵之衣袿襦綷縩鸞書錫爵椿枝邀更老之榮雁序蜚聲棣萼擅友昆之彥陸士龍雲津並躍縱壑昂霄蘇穎濱水調長歌含宮嚼徵樹名交讓共王槐陶柳以俱榮里號通靈與壺渴葛陂而不朽更精雜藝別寄閒情百榼千觚奮臂結荊高之侶五尋七跡拍張誇賁育之雄擲帽三呼袁彥道豪情蓋世披衣一曲桓子野逸氣驚人日射符簷黕黕幽居之宅風搖穲稏棱棱得意之田塵濁牛腰柳篋紛綸而未觸壁懸蛇腹嵇琴瀟灑以孤彈林

間則跪地香囊無非馨甖膝下則翀天翠羽殊異氍氃萬石君遜此高風三桂里欽其雅望所以摳衣岡畔大都周燮之賓羅拜牀前盡是龐公之客翠屏列戸極某邱某水之奇觀白墮飛觴侈問婢問奴之樂事行見龍門鼓鬣鵬程歷九萬而遙因之鮐背含飴鶴算亘八千而永固撥𨟆之甚易亦焌華之無勞者也綜厥生平質諸大雅羼厥名於逸民之傳甯有慚乎臚其行於作者之林洵無愧矣釣徒何處好共尋湖上烟波酒客頻來幸勿吝筵前珠玉

道光歲次丙申孫琨謹編次

曾孫醻

醍校字

棕亭駢體文鈔卷之五

全椒 金兆燕 鍾越

啟 書

謝鮑薇省贈筆墨啟

尊儀至榮拔芳訊垂賚筆一束墨十鋌中山銛穎上黨良材超虎僕之佳名軼龍賓之妙劑拈來銀管夢花豔以長新滴向金壺仙瀋融而不散僕含毫才鈍磨盾思慵揮琴未協其音噴紙難明其術怱蒙瑤賜頓切冰兢謝公小庾之所難求衡弟汲妻之所未見而乃遙從山裏分罌入劑後之香私向酒邊治草聖濡餘之汁漆竹

之遺迹少比此此非珍集賢之贈飛卿方茲尚恧謹當安之珊架貯以豹囊晁藻之忱伏惟鑒察謹啟

謝汪經耘示漢未央宮前殿瓦硯啟

蟾光一片陰森聞賈傳之談龍首千蟠壯麗睹酇侯之制然而弄田鉤盾轉眼榛蕪溫室謻門傷心兵燹三輔之遺規歷歷雨黯烟昏千門之舊徑茫茫苔纏蘚蝕赤墀青瑣歎零瓢斷甓之無存玉戶金鋪似墮珥遺簪之難覓何來片瓦猶貯重函昔邪之雨露長留藻廉之精靈未散一痕淺碧沾來太液之波半縷殘紅分得昭陽之影橅香姜之舊樣遜此奇觀尋銅雀之荒基無其佳

製僕也才同薛綦學之陶甄圖空愛夫宣和錄未諳夫金石幸逢大雅示我古歡如遊點蕩之宮似捧昭華之琯土花鏽澀應得自秋雨犂邊墨瀋淋漓好安向曉晴窗下啟璃匣而靜憶是曾經金貯阿嬌裹綾袱以深藏儼不讓璧懷張伯是惟書裹玳瑁始可爲鄰亦祗水滴蟾蜍差堪作伴看此日毵毫濃蘸定瞻生李白之花矚他時雞舌長含勿輕說孔光之樹

謝吳岑華先生贈手批迦陵詞啟

兆燕啟今晨小奚至蒙賚手批迦陵詞一帙朱墨淋漓丹黃稠疊鏤妍鏤祕剔字裏之幽香嚼徵含宮咀行間

之秀韻絺章繪句標霞箋玉滴之奇練爽研精探裁月縫雲之妙固宜蔡邕書祕獨置帳中何圖尹儒術工忽傳夢裏千迴諷誦百徧摩挲愛絕調之鏗鏘宵惟冠柳切瓣香之寤寐曷任推袁謹當竊厥宎窔敢第繡其鞶帨縱李奇難託自知其曲之非而楊意如逢或曰其文之似訶今夜饞膏燈畔鶩籠識陽羨書生訂來朝鵲尾爐前螘醑酹雲郎小像（雲郎迦陵歌童小影藏先生家）

謝汪經耘贈爵秩新書並京華啟

兆燕啟今晨東裝登車枉駕握別蒙惠爵秩新書一部段韡一雙拜賜之下感愧交并僕讀書已悔南華曳屐

仍同東郭蓬萊都監難簉仙籍之名京洛緇塵豈稱芸輟之態從此披緗霞牖濯足雲溪獻庭則冬集無書行野則曉霜空操何圖珍賚迺及散人芸籤褒成散秩詡崇班之烜赫桂廩製就摳衣羨深雍之嬿婉撫珉琯之精函欲禮名經千佛看茱萸之細皺宜迴小隊雙鸞貢冠應可復彈王襪何辭再結

勸管平原開畫戒啟

蓋聞怡雲嶺上原難輕以贈人索炙盤中未可堅於絕物張琴挂壁誰知雅奏之音斂子入籤孰識秋儲之妙在高士無喚名之念自顧善刀而藏而吾人懼懷寶之

迷竊冀脫穎而出搏虎果難於再試敢請下車承蜩既異於他人肯教束手伏惟先生家傳黃素性愛丹青既擅活人之方兼工貌物之學按山川之血脈生面重開相草樹之榮枯傳神畢肖吳衣曹帶誰敢譏評幹馬嵩牛盡歸賞鑒而乃牽於酬應壺中之日月空忙費厥精神肘後之君臣轉闊爰仰天而指日遂封臂以盟心裂黃絹以為襪材埋青管而成筆冢顧長康之樓閣誓不重登閻立本之家庭著為永誡競踵門而投足空望岫以息心難詢牧馬之塗似抱屠龍之技然而活禽生卉既操大塊之文章賸馥殘膏豈禁世人之沾丐高僧座

上猶難堅守夫木乂居士　門前豈得永扃夫鐵限特招近局爲滌前言請以倉扂之餘閒仍理荆關之舊譜定糟粕之盡化且復斵輪縱蔬筍之久甘何妨解菜勿辭潤筆知虎頭不妄助資詎曰妨醫看獅子且堪愈瘧深杯待屬短札先投謹啟

爲小山上人徵生輓詩啟

蓋聞最初禪裏只有眞常不二門中更無文字八天滿足如來原長壽之仙習漏消除大士本多聞之學將三摩偶然游戲何妨共說無生指一切隨意神通且與同參妙諦茲惟小山開士大　覺遂途遂袪五蘊之糾紛悟八

遷之淨妙童眞慕道早辭親以出家初地息心即得句
而呈佛勝流滿座豎拂者盡是宗雷彥會成林升堂者
無非許謝撫千竿之修竹宛是直兄對幾點之疎梅居
然梵嫂貫休潑墨自具禪機無本吟詩獨成瘦骨固已
道猷直轡證無上之菩提而乃慧遠高壇作有情之緣
覺謂夫橫吹鐵笛人生必有散場慣愛紗籠此念難忘
結習與其邊蕭楚挽送北邙長逝之魂何如麗句清辭
作東土後來之供趁娑羅之未悴且當涅槃分薝蔔之
餘香定成般若於是鳴鐘半夜徧告緇徒開殿清晨大
招素族等以無遮之會了其現在之身伏願慧業文人

淨名居士錫之銘誄旣以詩章不勞升座之三號聊博拈花之一笑共謀作達莫吝書貞謹啟

安定書院餞送諸生鄉試啟代

伏以桂輪高揭二分之明月爭輝茅茹齊征萬里之秋風競爽指阿巢而奮翮丹山翔威鳳之羣縱巨壑以揚鱗碧海躍潛虬之隊業成四術典重三升恭惟諸年兄江左英髦淮東俊乂夢中江筆舒藻豔於瓊花袖裏隋珠吐光芒於韈社登昭明之樓閣入選文多傍董相之祠堂下帷志切樂羣敬業俱函席上之珍發策決科久握枕中之秘戚同文之弟子竝有師承胡安定之門人

最嫻講貫固已披文相質儲春華秋實之材豈第賸馥
殘膏學西抹東塗之技茲者恭逢
盛舉慶遇
恩科
聖天子寤寐賢才將羣空夫冀北爾多士馳驅皇路正
程徒夫南溟用持祖餞之觴載舉賓興之典所願盍簪
並至攬轡同登天衢和鳴鶴之音雲路振漸鴻之羽淮
濱花滿千山之叢桂皆香江澨潮生八月之靈濤俱壯
羨此日芙蓉鏡裏晶輝爛天上銀盤卜來春勺藥階前
瑞靄繞日邊金帶夢傳秋駕識老夫三載心勞隊整雲

都知餘子一[illegible]軍氣奪君眞健者予日望之

納聘啟代

伏以柳烟屯綠夾隄之金綫爭輝桃露舒紅滿澗之瓊波散彩令德展百城之圖畫紫氣春濃韶音捲萬里之波濤赭山朝靄棨戟列重門而煥爛蘋蘩齋季女以溫恭秦晉媾盟潘楊燕喜恭維老親家先生太邱望族浙水名家問相國之沙堤魏笏之甘棠斯在詢世家之金埒董帷之遺策猶存溯金張許史之家歌鐘在肆紀魏丙蕭曹之績門籍盈箱御酒黃封陳釀鬱金樽而瀲灧宮衣紫疊飛袿垂玉帶以襂棽布威惠於六條承流宣

化纘家庭之四美裕後光前令姪女毓閨閣之清芬久順從於師氏大小兒隨京華之旅食尚需次於銓曹一葦可杭幸越水吳山之未遠儷皮斯聘纔荊釵裙布之無嫌特返故鄉爲成嘉禮諏暮春之九日訂偕老於百年海棠酣國色於青廬春光正燦勺藥殿衆芳於碧砌瑞靄維新伏願宜室宜家多男多壽杏花邨裏看洽比於朱陳蘭茝閨中瞻禮儀於鍾郝則欣占鳳卜不徒求繫而求援喜兆熊祥益切肯堂而肯構矣謹啟

代盧雅雨都轉少子與錢香樹司寇納幣啟

伏以海蟾騰彩桂宮舒月姊之輝嶺鳳鳴祥蘭渚聽冰

人之語集堂前之翡翠秋做銀屏翔湖畔之鴛鴦波明
綺縠締良緣於二姓成嘉禮於百年筐篚遙將絲蘿永
託恭維司寇錦衣世德繡水名家躡契踐夔千載覯明
良之遇凌顏轢謝九州推風雅之宗品重螭坳早冠蓬
瀛之侶風清狴犴久崇槐棘之班父子同官詠緇衣於
鄭國身名俱泰紀綠野於裴公十載優游荀何山澤千
篇著述燕許文章官驛遞詩筒遙和
九重之作江花迎
御輦慶承
三錫之榮棨戟門庭著韋平之閥閱枌榆里社盡羊鄧

之姻連某族忝四夔才慚八米九衢冀北憶當年文苑同登一水江南喜此日吟壇竝據綠楊城郭慣迎郭泰之舟紅燭笙歌每下陳蕃之榻樽前側帽花底披襟羨君擘掌上之珠笑我舐懷中之犢念前此童孫薄劣蒙嗣君已許乘龍而今茲老友綢繆顧弱息又誇乳虎爰篤舊姻之好載尋嘉耦之盟藍玉初芽赤繩先繫歡騰閨闥共言娃有姑從喜溢門楣應許壻依子例用肇問名之典敬陳納幣之儀家人卜厥袂良媒氏覘其柯則温臺寶鏡先兆團圞江翦巾箱預徵婉孌錦鋪五兩看綵結之同心玉列雙宜知瓊英之比德朝霞暈紫談生

纏臂之金曉黛紓青影映貼眉之翠嘉禾城外祥雲籠滿匯胭脂橋李郵邊喜氣散一樓烟雨伏願道高嶽峙望重冰淸閨中傳伏氏之經八遵模楷庭内稟顔家之訓化被葭莩郭瑀高齋席獨分夫劉昞韋誂後圍衣無笑夫裴寬從兹攜手山中畢二老向平之願莊看齊眉廡下傳一門德曜之賢卜交定以厥祥藹德音之來括矣謹啟

代趙轉運孫與沈高郵結姻啟

恭惟老年臺先生八詠名家三關著族東堂射策鴻文擷上苑之花南贛搴絲佳政偃下民之草更剖符而作

牧遂浮艦以臨江照千里之光華湖邊珠耀振一方之文教臺畔春多茲當豹變之晨共切鶯遷之慕聽城頭之曙鼓健犢方酉颶湖畔之晨旌浮鷁復至騰驤社之光芒布華胥之樂境過多寶沙高之地雅愛文游入微雲山抹之鄉便思佳壻乃五琅福曜正瞻海上仙凫而片玉榮光先卜雲中瑞鳳頌神君於召父嘉石銘心問嬌女於左家明珠耀掌某政循冬日才謝春華宗職濫叨趙璧幸承手澤劇司久任吳鹽但滿顛毛鞅掌簿書笑含飴之靡暇關心堂構愧傳硯之無方念小孫騎竹庭前未受魯論之半知令愛辨琴窗下早窺班誡之全

柯羨桐高竊盼孫枝之繼茂波欣河潤定容壻水之先沾伏願照以冰清賜之金諾雀屏作展慶蔦蘿松柏之長縈鸞鏡先開快環珥瑜瑤之競爽藉此日一雙白璧訂同心於總角之初計他年百兩朱幩娛老眼於懸車之後敬將赤繫敢布丹忱謹啟

寄雙有亭學使書

蓋聞遇伯樂而要車難爲良馬値風胡而躍冶定匪祥金緣綺既調豈宜更思夫爨下紫珍雖朗自應永託於篋中苟其飽笥褭之餘花遂辭楊館閃壁間之幻影竟遂陶梭則指頂而犖詫乖人卽撫膺亦自嗔怪事然而

情牽骨肉枝頭多壹宿之鳩性怯風飈天上有退飛之
鷁茁故畦之小草祗願芘根泱央寶之細流終難入海
是惟仰帲幪於知已乃終始鑒其無他如將喻肺肺於
旁觀自顛末疑其鮮當伏惟大人儒林圭臬士類楷模
著奕葉於韋平邁衣冠於王謝寓金閶之豹直酒飫三
辰濡玉署之龍賓書窮二酉頻恢珊網貢天府之奇琛
獨挈冰壺作八倫之巨鑑波騰學海掌秘翰於西清光
耀使星駐輶軒於南國張洞庭之樂滿谷滿阬建畏壘
之標羣尸羣祝盧諶條幹書記盡擅翩翩庾杲芙蓉令
史俱稱了了乃復借鉛刀之一割用佐調羹勉令抒襪

綫之微長以資補衮挹座上周瑜之韻濃若飲醇聆谷中鄒衍之吹暖如挾纊論文促膝宵爐則獸炭翻紅索笑巡檐朝雪則雀梅點白泛江邊之静綠不辜嘯詠於袁宏尋山畔之孤青竊幸聲名於孔闓從此進轂城之履敢後文成自當隨函谷之車甘同徐甲況值春風豹尾歡迎

翠輦於淮濆曉日螭頭競謁帷宫於江步傍牖邊之曼倩定覩仙班隨臺上之裴君應窺日窟而乃小人懷土佳節思親歸夢迷離輾轉陳蕃之榻旅顔憔悴傍徨王粲之樓本謀執弭以相從忽告褰裳而欲去盟渝息壤

委一諾以何輕杖棄鄧林晝半塗而自廢參佐皆譏其謬僻童奴亦誚其猖狂而大人乃曲賜矜憐代爲侘傺謂枯魚銜索自難久曠夫晨昏思嬌鳥嫌籠何事更彊其飲啄不惜借帆之惠爲抒陟岵之嗟顛倒征衣人笑驚如胡蝶低佪客路自傷懸若蟗蜳涎涎飛飛燕豈有憎於戊已堂堂策策魚猶永戀於庚辛載別台慈幸蒙福曜喜扶鳩之尚健黃席重温慚對鯉之未工萊衣獨曳山中臯犬棚裏雞豚少伸孺子之情皆拜仁人之賜今夫侯嬴空館英雄每奮臂以踟躕豫讓荒橋烈士尚盱衡而嘆喟所以古人垂訓知我與生我齊觀往哲有

言感恩定酬恩有地兆燕荷衣賤質柴轂窮居年丁潘岳之二毛才乏阮宣之三語何期鼠璞謬逢真賞於下和豈意牛溲亦獲兼收於醫緩忘其痍痏假以吹瑩燕王則臺築郭隗嚴公則牀登杜甫是郎懷中探策應難紀德於比干縱使夢裏銜珠未足輸忱於元暢所願崇占鼎鉉早陟沙堤勒姓氏於鳧鐘績丰標於麟閣歸飛德宇應儕相賀之禽遙被恩光庶及不枯之草竹頭木屑猶堪待用於佗年舄委簪遺請勿縈懷於此日望風泥首指日銘心敢布私悰統祈鑒察殘醺猶在難忘丙吉之茵假寐空勞還憶郗生之帳雲山渺渺定知虛座

於虞翻鱗羽悤悤懼類空函於殷浩

道光歲次丙申孫珉謹編次

曾孫醻
醍校字

棕亭駢體文鈔卷之六

全椒　金兆燕　鍾越

書　疏　文

寄吳岑華先生書

自别芝顏屢承蘭訊吳鉤欲鑄術昧壬夫楚玉空悲毁同庚市初平叱後石詎成羊葛叟仙時桐難化虎歌殘剢勀知塞北以何年望斷扶搖歎圖南之靡及瑟居寥落靜憶前歡孑處淒清興懷往事習池春暖蔣徑秋深攬裾多胏腑之言促膝有雲霞之槩割牛心之炙華袞逾榮罄麈尾之談金鍼暗授此則感深徐甲常隨函谷

之車誼重薛收永侍河汾之席未足喻其款素盟此私悰也運際隆平時逢熙泰沈詩任筆並侍楓宸邱錦江花競躋芸署乃以大賢之望特崇右史之班四戶蜚聲三才騰譽紫薇省裏豹直鎌靑紅藥階前雞棲樹碧顛卜氈匀淡墨臚唱無雙芷看沙拂平堤治歌畫一政當瀝耳彌用忺懷竊有二端敢申一語側聞古人之論最重裕昆緬惟先達之言尤隆錫羨是以庾信關河之際每賦傷心宗元瘴癘之鄉尚思繼體況位處蟬冕之列身居燕趙之區佐慶卿之酒持觴豈乏美人校宋祁之書爇燭甯惟麗豎倘遇李家絡秀思援周浚之門遂令

羅氏倚風獲待韓王之帳將見珠生碧海玉蘊藍田季堅與崔輯之宗進集繼阮咸之緒不其然乎更有請者元經申鑒皆才人不朽之資胜史叢談亦學士雕刊之業昔趨棐几快覩錦囊潤古彫今蔫張融之玉海抽心呈貌邁蕭繹之金樓然而襲之巾箱未必不脛而自走弃之篋衍恐難無翼而能飛品重圭璋雖云不辭氣謄干鏌豈合長埋是宜授以雕鐫命之剞劂定佳文於敬禮不待曹丕續新論於桓譚無勞班固則裒成巨鷙宛委之編澣以薔薇不蝕羽陵之蠹敬呈蠡測伏乞潟裁巨袠祈裒不餅仰賁登甬道壹襃可方之志中舉

聦一室之間蝨處敝褌不識埏紘之大蛙居眢井難窺
日月之明玉笥白龍宇下非長棲之地金環黃雀篋中
豈永託之鄉緣是黽黽而自思未肯鬱鬱而久處矣況
以原憲居貧劉陶誕節曹景宗黃麞之樂邈爾難期范
子真白髮之年倏焉將及悠悠鄉里孰愛任光兀兀餅
章難逢楊意板牀壓冷土銼烟銷寒漏三更柔腸九轉
欲箋天而無語思縮地以何從擬於來年從茲作客如
其入州都督記室需人三輔名豪曳裾有路幸爲說項
不惜推袁但掔庾杲之蓮便負仲由之米凡諸喁望悉
賴吹塋倘借聲援曷勝銘鏤嗟乎白駒荏苒共傷來日

之大難繚鬢蕭騷誰識此君之小異採盧諶之條幹偶遇劉琨立孔顗之聲名還希謝朓聊憑尺素不盡寸丹

建隆寺募化齋糧疏

蓋聞維摩舍裏堪邀香積如來忉利天中必過能仁大士三千世界十二因緣以無所住而得法清淨身必廣所施而獲檀多羅蜜所以銀錢五百便拈善慧之花寶蓋千人盡禮藥王之佛鉢塞莫持來浩劫不如喜捨在心鞞鐸佉灑向須彌無過化慳爲善揚州府城北壽寧街建隆寺者毘尼勝海布薩叢林面江甸以開基繞淮流而立剎地近謝安之宅水木清華天連吳淳之城山

川秀麗弔重進干戈之壘毅魄猶存訪道堅鐘磬之堂
妙香斯在雕甍繡桷招怖鴿以高棲珠絡金繩振法螺
而萃響展趙宋御容於舊榻猶想英風誦參寥逸詠於
虛龕尙懸明月逮
皇朝之奠宇尤佛日之增輝羽葆霓旌牆外卽六飛之
輦路松風水月堂前皆七祖之禪宗八正門通三明道
廣看花客到無非支許之流聽講人來盡是宗雷之彥
檐前鈴語留秀支替戾之音枝上禽聲徧格磔鉤輈之
調優波提舍祇夜修多聚八百之應眞得一生之補處
然而繞門翠浪無法琛可種之田滿座緇流少宏忍堪

春之米一麻未飽半偈空持齋廚則當午無烟禪室則違朝謁客伊蒲饌缺便煨芋以何從粥飯僧多欲吞鐵而不敢瞿曇之面皺矣圖澄之腹枵然某僧卓錫有年點金無術笑衣內之珠安在悵鉢中之飯難求伐鼓撞鐘猶作無遮之會擔柴汲水空居不二之門未見桃花但焚柏子得句雖堪呈佛忍饑何以誦經伏願檀福宰官布慈長者共發菩提之念同依舍衛之城既現優曇甯無達覷滅庭前之鶴料便是僧糧脫身上之寶衣堪為佛事功無退轉何拘施法施財福不唐捐詎別乞貧乞富必圖種慧請各書貞謹疏

爲寶筏寺募戒衣疏

蓋聞嚴淨毘尼心持五戒精勤布薩體被三衣祗夜修多優波提舍不有羯磨之度安能彼岸之登茲寶筏寺方丈守中大和尚智珠在手慧劍橫腰以精進而獲上乘願解脫以超衆有乃於丁酉之春立壇傳戒大衆雲集諸天雨花成就有學無學之人俱入不生不滅之境惟是戒衫未就應器無資不有善知識緣誰結檀波羅蜜伏願護法吉人修心居士隨緣喜捨但數足夫百單證教昌明即禪通夫八解看茲木叉可住如游兜率之天定知窮子知歸盡超龍漢之刼矣謹疏

東嶽廟募緣疏

蓋聞智慧心燈滅邪燄而始成正果人天眼界離衆穢而卽入光音恭惟東嶽大帝廟後瓦礫之場既建碧霞元君新刱輝煌之殿矣輪矣奐實壯觀瞻攸芋攸寧堪資梵誦惟是西偏隙地尚屬寒蕪因之牆外行人視同棄壤成街閭之溷匽豈止惱鶖鴨於比鄰積道路之便溲幾至同牛羊之屠肆穢等屢爲掩鼻彌切驚心念無欲天不垢不淨詎觸嫌於下界之腥而般若地以薰以修必嚴屏夫凡塵之染是惟叩求檀越作諸善緣特崇念佛之堂俾得焚香之境計其工費不過千金量厥福

田何啻萬畝願誦若而埽垢幸濡筆以書貞謹疏

募修大墅街林家埧永壽橋疏

弓當擊後東明誇飛渡之雄石恒鞭餘嬴政縱大觀之樂雞聲催曉印人跡以偏多驢背衝寒攤詩情而不少跪地之垂楊一片情盡何時漫天之落葉千重魂銷曷極然空中懸構縱若飛仙而夜半遥呼安能役鬼所以政須十月必先鳩工作於戌庚數應七星乃獲覩車徒之旁午也茲全椒縣大墅街林家埧之永壽橋者境連淮泗地接舒廬往來多題柱之人憩止有凭闌之客青龍卧澗雲飛初月之光赤鯉淩霄霞觀斷虹之影參差

歷歯拂秋萼以紅勻纖衅疊絮潤春潭而紫飽藍拖淺
水應潾仙女之緣緣繞幽村共識大夫之號乃溯其始
造旣有歷年而議厥重修迄無成說長杠仆地縈蔓草
以攲傾短榷橫波臥寒潮而蕩漾呀小杜吹簫之句明
月空留歌髯蘇敧枕之詞綠楊誰挽知孺子之可教欲
進履以何從遲佳人兮不來獨抱柱而奚益慨迷津之
莫指每病涉以徒勞伏冀救蜡婆心鑄牛妙手葺其圯
壞擲銀杖於寒潭助厥功程亘金梁於古道千人共濟
無煩童烏鵲之毛一劍常懸不復鼓蒼蛟之鬣永免租
車之覆績比王周不憂樓櫓之危功侔廣德將見標名

作午清流共花竹以堪娛賜姓爲丁盛事與山河而不朽落驢誌慶人人邀科第之榮渡虎徵祥處處得公卿之諺矣謹疏

勸捐修大橋鎮大橋小引 代

縣城東五十里大橋鎮之大橋者川陸通衢江淮要會東接吳陵之壤北瞻斗野之亭宛若長虹之卧波居然寶帶之跨岸民不憂夫病涉客無勞乎問津利濟萬人閱歷多載雖無綺楯雕欄之飾足侈游觀恰當青疇綠野之間羣叨利益視自昔肩摩轂擊久稱成邑而成都乃越今岸陊梁傾漸見行霜而行冰停車有客欲題柱

而難留進履何人將投足而不敢本縣循行縣鄙千寺橋梁本懷履坦之衷倍切臨淵之懼嗟吾民之厲揭者衆知斯橋之關係匪輕公無渡河恨不能援而止也過有滅頂何異大推而內之於是廣延席斯民之心不惜作呼號將伯之舉欲謀善事端賴仁人集衆腋以成裘惠不至於甚費培舊基而築堵功易圖於有成幸藉隆襄以資普渡此引

送竈神疏

年月日司命將之帝所修士某謹以粟飾粔籹之餞上疏於馬前曰蓋聞禮隆孟夏既昭五祀之儀節屆杪冬

乃命九天之駕式下土而居南面人御吹噓善上考而奏東皇功先調燮星占張嗉神號祝融鎔或玉而或金湘以錡而以釜火始燄燄厥功首紀大燧人烝之浮浮肇祀聿興於周代煬者忽避何氣象之睢盱奚不能黔徒征程之勞䞤踞觚而聽傳老聃之高懷滅火更炊想梁鴻之雅操烟迷營壘知誰減而誰增藥煮爐鐺識孰寒而孰熱無端獲罪王孫慚獻媚之疏偶不小心帝子悔稱名之誤稚長大腹僅可使監王渾生兒須防其跨味躭經史每生王劭之疑才屈庖廚忽發圓通之怒將軍諫祕訶浸灌之何多丞相功高供騷除之不少入郤

公之室鯖鮓騈羅登石尉之堂韭萍雜沓然巨室盛誇列鼎而寒儒亦或烘榾今某身筭勞薪智同處燕漫思一試豈能過乎飑貍不過三敲誰爲脫其泥土蔡邕冷爨心隨桐尾以俱焦陳處空房人共杵腰而菹細蕭條脯掾難邀孫寶之鄰憔悴廚孃誰餉祖家之婢欲曲徐生之突早已焦頭聊安向栩之牀無過容膝米求百里空傷季路之貧灰冷十年猶憶歐陽之字薪貢難爝孰憐秋雨之滂沱燼自常懸非泛洪波之浩渺嘆褸衣之屢敝笑梧杖之徒存伏乞鼎必取新甑無顧破乍獲烹羊之富永無生黿之憂雜入餘妖請除旣盡魚游佳話

傳播無窮盛於盆尊於瓶奧裏婁娑乎老婦迎其尸設其土陘間荒忽乎嬌孫則綠醽醃醰欣傳司命之醉黃衣綷縩快瞻吉利之來樂虛耗之齊奔幸癡獃之盡賣矣

休寧縣儒學月課示期榜文 代家大人作

照得以道以賢師儒樹得民之望是行是訓文章垂立教之謨別支派於齊韓五際各爲授受傳精微於董許一經共有師承閒闔千門經匠氏之削繩而成其裁昉荆和萬鎰借玉人之鏨錯而煥厥光華縱藍或謝青而沙堪聚雨篋肓起廢採六籍於幽深破愚訂頑揭兩鑰

於顯爍文惟載道言以旌心潤古彫今沆瀣浥三危之露研昏鍊爽菱荴生四照之花此鹿洞生徒身教亦兼夫言教而龍門學業經師仍本於人師也惟兹休邑星屬斗墟地連吳會峰摩霄堮紛神嶤仙的之龍從溪繞沙汀漾錦浪文波之漫瀲潺潺澌水清流環天子之都屹屹古城高閣峙故王之壘溪徹春雨舜甲村村縹緲晴烟松鱗處處千巖暈碧琢成紫石之花一笏凝香輕泛元波之影月潭淩玉纖阿依小丁以扶輪霞汊浮金詧彴傍懸崖而散綺水禽唼喋蘼溪之畫舫半艤菰蘆山鳥鈎輈竹嶺之祇園盡藏杉櫚榆橫爛錦百弓開士

之廬閑閑沈香半畝仙人之宅一塘春柳只憶方壺萬壑秋林惟思定宇追舉竹洲之集夏玉樅金崢嶸李頓之詞輯官綴羽展杜鵑之吟卷詩擅香名登勺藥之華堂記傳奇瑞顏公山上俗善馴龍吳嫗祠前人能射虎汪宣城之研精理學並轡闗閩程文簡之戮力宏猷齊鑣韓富三章六策史標泗論之雄圖千古一朝人慕正希之勍節芝生冢上曹屯田純孝無雙馬倒墩前李都將精忠第一山川秀麗實桒欽郭璞所神移人物瑰奇亦千寶陶潛之目矐者也所以蔚英才於四國如鋪黃海之雲衍正學於千秋皆接紫陽之脉鴻鶱鳳翥羽儀

騰上國之輝璧合珠聯洪寶列中邦之瑞蒲輪接武鶴
書從天上遄徵蓉鏡差肩鼇島邁寰中獨立波澂春岸
一泓思樊鄭之功獄靜秋曹萬戶頌于張之德閭四姓
五侯之邸第其在斯乎甚三明七穆之聲華洵有自矣
本學淮南聱叟譙比畸人七葉貂蟬帡幪祖德半生鉛
槧枕葄經壇子昂捶市上之琴池濱欲碎李牟吹江邊
之笛篋笥俱沈訪古調於成連空海濤之極目憶仙緣
於叔夜逢石髓以何年齋種白楊磊磊悤開之胸臆庭
餘紫莧蕭蕭景節之襟懷偶叨鳳扆
恩綸遂闢鱣堂講席沐

聖天子菁莪之雅化鑄舜陶堯欣爾多士棫樸之奇材
淩顏轢謝繡褾錦贉如披宛委之編玉價珠聲似捧昭
華之琯琳琅滿目摘豔薰香琬璧為心漱芳傾液賦成
盛覽自堪追步相如顏抗昌黎竊恐貽譏子厚為此示
諭文武生童知悉今於正月日初開絳帳廣召青衿發
篋鼓南梅蕚點芸籤之彩濡毫硯北松滋騰落紙之輝
門外寒回雪贍立殘之蹟窗前春早草生除後之芽彩
燕縧雞盡助新文旖旎星毬火樹俱成異藻繽紛崢對
香爐雲烟繚繞山憑玉几巒壑參差朝霞舒逸興遙飛
春水掀文濤急注銀管燦奇葩於五夜光耀裘鍾瑤函

充祕學於三冬仙成脈望精思踟躕張平子靈憲之篇壯采楞楞李永和明堂之論鸞漂鳳泊高岡之勁翮俱搏鼇擲鯨呿滄海之迴瀾皆立燭燦光於紫府璣鏡晶瑩探異寶於丹山珠船朗耀知他日寅階亥陛應揮御座琅玕借今茲卯酒辛盤且啖冷官苜蓿惟期助我開軒望三益之來幸語同人蘩筆競八叉之妙毋虛勝會共賞奇文

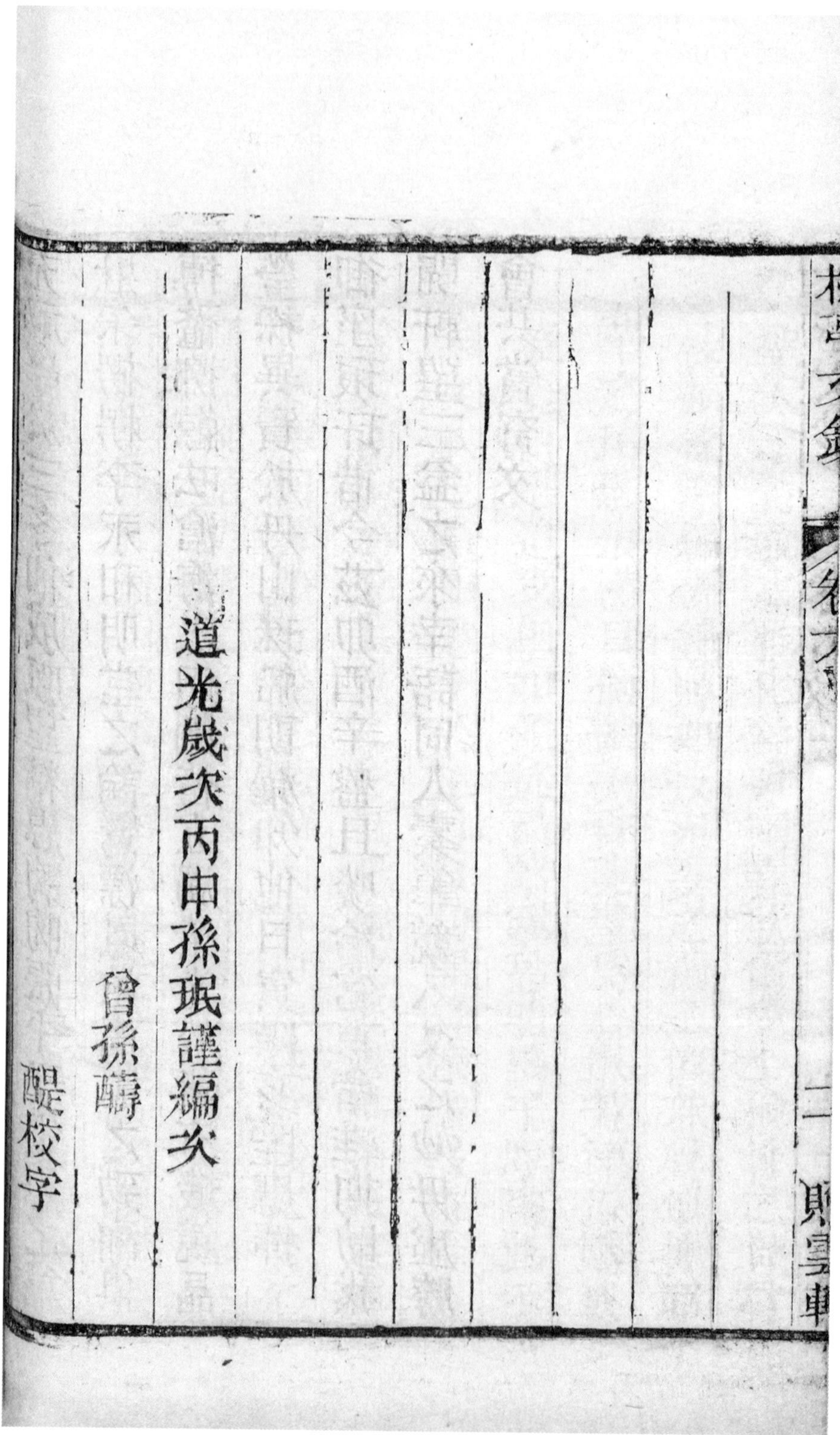

道光歲次丙申孫珉謹編次

曾孫醻

醍校字

棕亭駢體文鈔卷之七

全椒　金兆燕　鍾越

文

祭文

試嘉應州古學文告 代

才兼辭賦方有當於文章學擅詩歌始無慚於風雅含英咀華之彥掞天摛藻之倫莫不尋繹宮商討求綦組用以潤色鴻業宣鬯休風補百氏之聲文備六經之鼓吹爲章雲漢不朽古今極律抗聲鈞天廣樂之奏也發色渥彩凌雲概日之觀也爰自四始開先三閭承後樂府之作嚆矢周秦古詩之名權輿蘇李大行於元朔極

盛於黃初下逮五馬南浮三星東聚舜其門徑可得而言遡其源流自茲而別泉明之澹遠靈運之閎深各具體裁揔持風會故孟王韋柳實本柴桑李杜高岑皆宗康樂宋元而降述作滋多良楛雖殊師承不異寂寥天水玉局所以空羣浩蕩中州遺山所以繼響東南半壁劉宋並稱前後四家處高足尙辟之義娥芬照長輝映於三才江漢合流普沾濡於羣有至若義基詩序體創賦家屈宋寓諷於荒淫馬揚選言於麗則分題限韻唐宋開造士之途信筆成篇杜歐變散文之格雅琴長箋旨趣攸分鶗鴂鶢鶋寄託斯在秦川搖落倦客有暇日

之吟京洛同翔才子有凜秋之興思元幽通之宥訬子
虛亡是之詭奇景福靈光覩之目眩美人豪士讀者心
搖及夫苑內牡丹工於體物秋分團扇善於抒情滂陽
哀怨之遺括囊韓柳江乘緝裁之窈拾濬王楊故知漸
之而自移者蘭茝稟本之性也使之而輒利者辟閭巨
闕之能也詩極其至可以下上神鬼噓噏風雲賦集其
成可以包括寰區總覽人物洵碩儒之宜講而邃學之
當治者與使者居鄰顧陸早生峯泖之鄉文愧韓蘇屢
憩惠潮之境沈思螢案蓋亦有年延訪雁程已非一日
爾諸生人爲隱豹家握靈蛇弋釣既深箕裘不替挹高

風於處子江尙名梅踵芳躅於寓賢樓曾顏鐵金膏水碧九嶠所希曾青丹千一時之寶方當施茵設席和壘抽豪揮霍乎精英紛綸乎揚搉神魚出水豈必待於詹何名馬絕塵詎有殊於東野虛懷以佇刮目良殷

代儀徵失火謝運使撫恤詳文

玆據儀邑城內鄉耆等具呈前來呈稱爲恭謝憲恩叩求轉達事竊惟詠周公之桑土最重綢繆歌召伯之棠陰不忘茇舍千間大庇仁人之覆幬無窮百堵皆興赤子之瞻依有託是雖數窮理極難逃无妄之災翻使易舊更新共慶家人之吉歡逾挾纊感切銜環某等陋巷

窮民僦廬賤庶或先人梓里久爲生長之鄉或異縣萍居偶作貿遷之客同游德宇胥獲安居乃福過而災生遂罪深而譴作哀哉一炬竝竹頭木屑以無存慘矣千家胥露宿風餐之靡適問君平之卜肆不贍空簾訪司馬之酒壚徒留壞壁老妻晨爨尋竈北以奚從稚子朝嚎問門東其何處風淒淒兮霜冷永夜觀天泥滑滑兮水深終朝沐雨江濱窮士只匿蘆中巷內高人但眠雪裏難覓壺公之天地空憐橘叟之晨昏嗟肯堂肯構以何年歎靡室靡家而誰訴何期蹇運忽遇隆恩揚煮海之餘波蘇焚巢之殘喘人蒙大賚毋庸憶錄事以頻嗔

戸慶小康盡可向參元而致賀編籬繞徑重删仲蔚之蓬蒿甃石繞垣再補羅含之蘭菊陸家屋角無改東西阮氏門橑依然南北雞犬識新豐之路枌榆復舊社之觀董威輦不寄靈臺梁伯鸞遂辭臯廡修我牆屋還來故里之蝸廬弛其負擔免作他鄉之雁戸入室處而改歲熏鼠無勞換桃符以迎年畫雞堪羨閭閻皞皞盡回吹律之春景物熙熙共享登臺之樂是卽探懷中之策應難紀德於比干卽令投夢裏之珠未足輸忱於元暢

惟願

天恩特眷弓旌三錫以彌隆世德緜承簪組千年而勿

替鄙風頌禱難銘結草之心向日徬徨聊獻傾葵之念等情據此

祭葛母唐太孺人文

噫余鮮民七歲失恃乃有太君視余猶子結骨肉恩自童丱始豈曰暮年遂忘穉齒憶昔穉齒初至永陽童冠春服角試文場令子繩武如圭如璋雞壇結契拜母登堂太君見余孱焉弱質無母之兒眞堪愍恤垢衣爲澣蟣髮爲櫛囊爲緘縢書爲補帙繩武於我兄事袁絲乃以州幹締爲連枝見則相愛離則相思更唱迭和如壎如篪全椒至滁不及兩舍雞鳴載馳日中稅駕賓至如

歸靡有朝夜雙扉既開一榻斯下晨窗共啟雒誦琅琅同聲相應似協宮商太君聞之推枕於牀疾呼侍婢爲具茶湯宵燈熒熒連席相照含毫伊吾攤書嘯傲太君見之相視一笑入厨作羹舉觴勸釂瑯瑯春早共探歐梅太君治具夙潔瓶罍都籃肴核飽飣安排歸而笑問得句誰佳白下秋高共聽鳴鹿太君僦裝爲簡囊襆衣著新緜筐載宿肉鵲噪鴉鳴夢占響卜乙丑冬孟從宦新安來別太君涕泗汍瀾纚武見我霜風衣單遂罄囊篋贈以纖紈太君篝燈爲我紉補顛倒衣裳淚下如雨我已就衰汝方太苦千里音耗何從寄汝丁卯之夏觸

埶旋歸太君見我塵土滿衣澡我蘭麝啖我瓜棃遂命繩武相從下帷秋風好音小子獲舉太君聞之釃酒有奠入都過滁三夕共語悲喜交集送我行旅自此以後離憂日多僅於癸酉初秋一過蕭條里閈寥落關河飢驅轉徙風捲蓬科棲棲皇皇客身還播側聞太君嬰疾長臥更訶玉樓先召李賀哭子三年呼天欲破薦食數載雞骨支牀一門老弱兩世孤孀課孫佐讀血淚成行蓍蒞之草心甯不傷戊子之春小子捧檄更入滁城臨風悲潄花徑蓬門舊時游歷帷殯在堂灰餘殘荻征衣自拂撫棺一哀何殊遼鶴天外歸來所喜諸孫玉立蘭

階長孫甯兆已著清才冷官江濱飯苦不足甯兆隨余朝夕虀粥我愛其才父書能讀他日報劉瀧阡可卜頃者告我窀穸是謀將歸舉殯營葬荒邱我聞此語涔涔淚流速蕆爾事庶遣吾憂嗟我半生受恩纏綣詎止淮陰王孫一飯病未謁醫殁未與斂今也墓門不覩下窆茫茫終古落落乾坤淚珠報泣眞負深恩願以他世長侍寢門一觴遙酹已矣何言

祭葛母張安人文

人生枯菀靡有所底前沈後揚先否後亨但得桑榆延茲蕃祉回溯垂翅何足挂齒嗚呼安人沒世茹蕊三子

侍側長者尤偉早中副車聲騰槐市宦職入手可謀甘
旨正謂選人行佩朱紫乃聞凶問踉蹌歸里祿不逮養
傷心曷已年未四十早喪所天事姑育子備歷迍邅方
謂耆艾足享晚妍如何遽逝曾不少延長君多才孝乎
惟孝逾隴適秦間關露渟賓館晨驂宦燭夜校遠資脩
脯不辭勞耗今者歸來瘠容毀貌哭則無聲悲向誰告
哀我老人近益昏眊僅有一孫弱枝折橈異縣羇棲父
子傷悼昔年宦舍座上無氈相共棲息團聚連年今日
隻影各在一天每一憶及肝腸沸煎見星而舍過我涕
漣明旦遂發不得留連一語謂我慟入九泉從此負米

空陳几筵我與君家異姓骨肉黃蓋周瑜升堂情篤我室前亡安人來哭娣姒咸共悲戚今我客柅不能旋復空寄謳詞地脈難縮

公祭馮石潭先生文

嗚呼精神入門骨骸返根有生職也何滅何存舟壑既移而有旦宅所不朽者君子之澤緊翁上世世有箕裘一鄉善士百代詒謀維孝廉公才兼文武所志未伸賁恨入土翁時未齔已如成人哀毀悲悼出於天眞時張太君年未三十以慈兼嚴教子成立翁與哲弟人羨雙珠大小馮君與古無殊兄弟齊名一斅之儁羣曰郊祁

定堪互進翁之盛德不言而彰孝友停篤模楷鄉邦中歲悼亡時方銜恤婦巳從姑兒當誰育祥琴既鼓勉續鸞膠季姜作嫓羊續補袍又舉一男亦爲英物式轂似之穎豎若發畢生手足多所感傷弟既遠適妹復早亡而翁腌誠無所靳惜存沒艱難援之必力外家漸落煢煢八棺爲謀窀穸吉壤以安廿載綢帷杜栖別舍教授生徒時雨盡化翁之德性醇乎其醇翁之行誼靡人不遵處已若淵接人用拙論學論文皆有根蒂晚年息影水裔山阿南岡翠障碩人之邁暇日含飴兩孫玉峙執杖將車經過戚里所嗟余季尚未歸來田荆雖茂陸犬

多乖況有掌珠亦悲遠嫁將父不逞有淚同瀉所喜膝下聞禮趨庭將駕千里不負一經年過六十未覺衰老眞率會中猶爲少小如何昨歲蜡飲之餘忽遘疾疢迨至春初節過天穿遂棄人世升屋三號翁竟長逝寒風繆幕忽又星週將辭華屋永卽山邱我輩姻親盡傷何已衰草茫茫逝者逝矣

祭蔣文恪公文 代盧雅雨都轉作

嗚呼寒飈颼颼丹旐影影嶽頹霜蘢海泣冰澌騎箕愴說入昴悲蕭人間露薤天上雲軺於維我公聿乎閥閱族竝凡邢封連滕薛漢室貂蟬周京緇鷟華轂聯翩高

藝嶓嵲湖昔通籍謬辱恩門時維文肅槐蔭暄溫後堂
絲竹東墅琴樽吹瑩火鏡騰躍鵬鯤公時盛年愔愔大
雅羣龍聚苟怒虎排賈父手誦詩摳衣走馬
天子顧之光生日下蘭交世講膠漆欣投迴翔三徑濫
厠羊求擘箋同詠叩鉢相酬鯉庭馬帳雁序鶺傳橋弟
槐兄苔岑頓異公列清班我沈下吏弁麾棄髦旌猶繫
旝雲樹天涯雙魚頻寄驥奔駑絆宦轍蒼黃遥瞻台曜
爕著天閶方來筮敍元吉占裳五衢四照藉芘無疆迹
職春明實維昨歲東閣再窺謁公邸第車內吐茵門前
擁篲敍舊攄情仰承愷悌公時談讌發氣滿容胷懷灑

落體量淵沖宋惟準弼唐則璟崇太平功業平格攸同
拜別遄歸車纔止軔捧公手書知嬰美疢方謂我公榮
光孟晉燮理之餘調攝自順云何匝歲遽報公薨慟深
殿陛悲切凝丞半瓜空負萬羊難增藏舟少鑿繫日無
繩神已乘雲魂猶戀闕遺疏千言蓋忠自竭衛霍衣冠
鄂褒毛髮霄漢丹心千秋如揭東吳人士翹盼靈輀聞
者感愴觀者涕洟況某渥被兩世恩私撫今追往能不
銜悲二十年前初爲轉運辱公過存談諧投分厥後隨
鑾載承清訓兩度邗江聽歌注醞今公復過遂隔幽明
故樽仍在青樹猶榮夕陽隋苑秋草蕪城膺舟謝展無

復平生公之文章儒林牖炙公之勛猷鼎鐘爲彝喜載史宬名垂竹冊末學淺窺何庸掯摭某之所悼知已云亡莊說長寢牙琴漫張虞山岌岌尚湖茫茫一杯空酹目斷歸航

祭史文靖公文 代

烏虖霜風江郊寒空泬寥鶴歸華表鳳辭阿巢騎箕仰說入昴蟾蕭中台乍坼上鼎誰調於惟我公當今稷契黼黻隆平至於耆耋福斂箕疇名高槐列海內具瞻日光玉潔僉曰平格

天子是毗壽身壽世卽慶期頤如何一旦竟不憖遺丙

茵猶在魏笏空悲一鑑淪亡半瓜愴惻蜜印長埋廞衣共式禮備哀榮人懷悃愊金管塵封沙堤蘚蝕公之閥閱媲美金張朱戶丹陛緇衣武莊謝公之墅鄭公之鄉平泉喬木投金瀨旁公之文章載道而出涵泳聖涯經緯儒術屈宋風騷燕許手筆騰實蜚聲名山著述公之盛德醇粹在躬千間廣廈萬仞高甍藹如冬日惠若春風軼韓淩富邁璟超崇公之鴻勳著在方冊出懋保釐入參籌策澤布商霖功周禹跡髮共扉黃心同舄赤皇猷允塞載纘武功闢地萬里卽敍西戎公贊碩畫帷幄之中淩烟獨冠褒鄂刀弓鼓吹休明誕敷文教祕閣

圖書纂緊輯要公坐石渠青藜夜照舉例發凡裁成衆
妙
鑾輿巡幸匪居匪康皮軒道游周歷四方公綜留務統
攝聯常正已率屬元老持綱奏對延英論思禁近賞花
釣魚
玉膏清問公進詩篇曁忠爲韻律中豳雅文成伊訓述
公行誼更僕難終思公德澤俎豆無窮湛露豐草朝陽
萋桐明良際會千古誰同某也昔年承乏民部公作司
農親覘計簿凜公條教仰公建樹經體鴻謨羣欽國楨
今瞻冊旐光燭南天恭承

諭旨奠醊靈筵儀形未沬精爽常懸依斗遙望應復遷延壽菈松喬慶流苗裔寶樹三珠韋平克世處處郵謳家家巷祭雲漢日星千秋勿替高牖海日畫翣江雲秣陵古戍京口殘醺昔紆晝錦今列秋墳哀音輓鐸薤露悽君

公祭鄭母江太淑人文

嗚呼江邊春到三朝之瑞靄方舒海上潮回萬里之慈雲倏散官梅影悴對葦戸以長愁皋鶴聲嘶向鈴軒而永歎駭支牀之雞骨衰衽龍鍾憶繞徑之魚軒機絲歷亂鬧蛾頓寂知難補夫天穿封鮓何從又載逢夫冰泮

殘經定在空懷韋母之堂斷髮猶存忍過陶公之館惟太淑人之令德實中憲公之雅倫乃嘉名之肇錫洵懿範之堪陳纈彩筆之江花詩盤錦麗伴瑶階之鄭草書帶香温相夫子以克家東里則才稱博物奉姑嫜而養志南陔則饌列兼珍爾其儉以約身恭而好禮居處不憚夫矜嚴服御必屏其奢綺桓少君之出汲不異單寒鍾夫人之上堂能調娣姒鉶音寵妾不聞掉磬之聲園客畊傭盡授播琴之理而乃承歡顏於兩世列寶樹以三株落翦池中既囊螢之有佐和熊燈下復汗血之成駒篆草則科名連綴庭花則旌節芬敷何比干滿懷探

策陳仲弓百城繪圖於是發策決科蜚聲騰實快大小
阮之齊名更甲乙榜之間出惟都轉之軼才冠羣倫而
罕匹囊中則久垂杜欽膝下則猶憐王述金爵標黃霸
之勳名石室紀文翁之治術
至尊垂問遙知嚴媪之家多士環觀競羨季姜之袞政
旣成於畿輔節遂移大江干聲華衛國禺筴鹽官江左
雄繁之地揚州風雅之壇局幹則羣推劉晏廉素則猶
然范冉夢裏蘐幃時懷定省嶺頭梅驛日報平安展寄
到之長縑猶傳能續遂錄餘之焦飯競勸加餐是雖迢
遞雲山不異奉笑言於花徑詎恩飄搖風木遂長縈魂

蓼於榛關於是惡耗初來羣僚互愕聞大吳之毀泣道路心酸見孝泌之哀顏僮奴淚落朱履三千之客賫鏡具者何多紅燈廿四之橋咽簫聲兮不作某等苔岑同氣袍澤深交未效登堂之拜空聞升屋之號橋苐槐兄述哀辭而鐫山骨鬋銀紙繪陳奠醊以薦溪毛感紛帨之難留海雲嶺嶠悵繐帷之空設淮雨江皋尚神理其未盡庶靈魂之可招

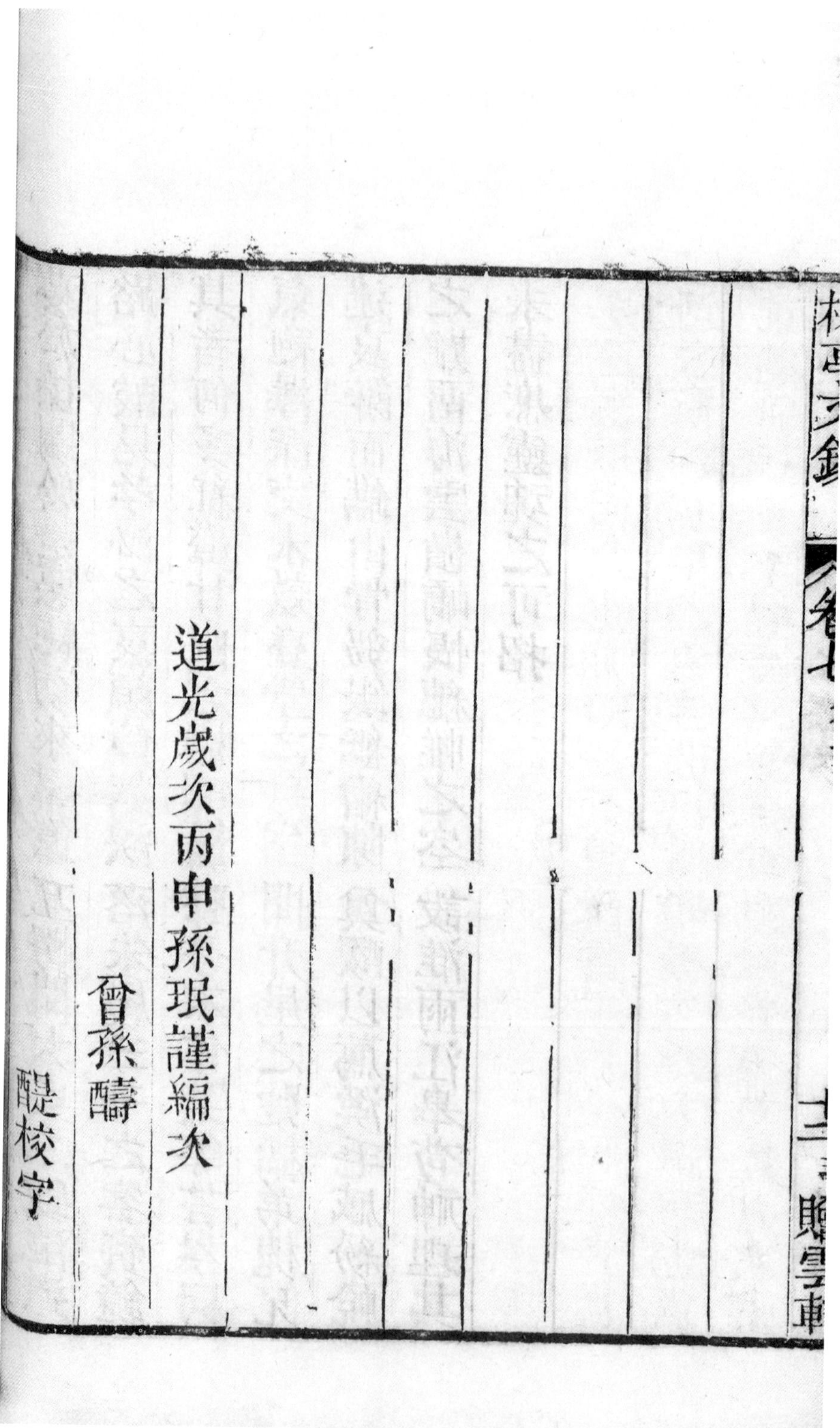

道光歲次丙申孫珉謹編次

曾孫疇

醍校字

椶亭駢體文鈔卷之八

全椒　金兆燕　鍾越

祭文　跋　贊　銘　連珠

祭莊方伯文代

嗚呼同雲黯黯密霰霏霏蓉湖冰老椒嶺霜迷星隕人間詫老成之遽謝樓成天上嗟愛子以同歸棨戟門庭乍見素車之塡溢松楸山徑俄瞻丹旐之紛披況夙懷夫光霽其易禁夫齋咨溯鼎族於漆園毓我公之碩德旣繕性以溫良復禔躬以正直孝乎惟孝承歡無間於形聲仁者安仁博愛必賙夫囏厄笙簧五典之林杭旆

入家之室探精微於理窟圭臬儒宗咀至味於義根涵濡聖籍爰發策而決科作隆平之柱石校書芸閣視草花塼趨蹌洞案迴翔木天既燕許之並駕亦沈宋之比肩乃經術之既優遂經綸之屢著三異奏夫魯恭五袴歌夫叔度論治績則久邁龔黃頌芳聲則猶思召杜更紓豸繡作鎮西泠烏臺霜肅驄馬風清紅旆碧油拂吳山之黛色青簾白舫來天竺之鐘聲爲屏爲藩徧海嶠而歸德宇之綱之紀領巖疆而峙干城樹德既滋錫福斯備誕衍家祥彌徵國瑞珠光競爽甲科則二宋齊鑣玉署爭輝文囿則三蘇並轡問漢家之巨閥入說金張

數晉國之巨材史稱韓魏而乃志明澹泊性愛煙霞厭彈冠而結綬躭種竹與栽花青瑣朝班讓機雲之接軫白茅幽谷指巖壑以爲家斯卽握丹經之九籥離火宅以三車自永年之有術歌大耊以奚嗟夫何金鑑乍淪玉棺頻下山頹木壞乘雲旣難挽夫松喬玉折蘭摧殉孝更傷心夫終賈豈曦輪策馭必須過悲谷以徬徨而海瀲騰潮無不匯愁潭而霑灑也哉輀車旣駕華屋長辭漆燈歎閉繆幕風淒人抱西州之痛客留東閣之詩某羣紀素交尹班夙契曾憶昔年于役各奉簡書爰從客館論交共聯臭味蘇臺月朗憑高閣以聽歌茂苑花

深命清尊而買醉僊書沾臆苑昔夢之非遥鄰笛銷魂傷故人之竟逝悵匏繫乎一官空雲飛乎兩地猨聲江岸似聞升屋之三號馬鬛山阿聊寄題碑之十字

祭■宫保配李夫人文 代

嗚呼雲葢榕寒星毬荔丹十洲溟海九曲仙山節鉞風清正紅旆碧油之煥色珩璜露冷乍魚軒象服之彫顔鐵笛亭邊天上之芳筵盡歇金崎江畔波間之沈鎖俱殘而況淮壖廣莫閩嶺巑岏鱗鴻迢遞雲樹彌漫蘧使何來方起居夫人座徽音頓杳倏交集夫百端顧膝前稺齒何知早扼腕於典型之先失念天末衰顔寡偶定

傷心於婚嫁之未完緊宮保之勛名與夫人之壼德周
海宇其共承徧簪紳而爲則溯內助於生平洵中闈之
儀式膺鸞誥於五花極山河之褕飾蕭孟案與桓車佐
夫子以勵翼夫其家聲鼎族姓系仙根柳氏昇平之里
于公通德之門黃鶴樓邊人知君姑白蘋洲畔譽重瑤
琨燕寢香中不殊紙閤蘆簾之況虎符幄內無忘斷虀
畫粥之言信躡鍾而提郝堪翼子以詒孫斯固耆孺之
所共識無勞媚郤之廣爲援獨宦轍之堪尋憶韡華之
茇憩嚴奉職以六條託崇檐之廈庇撫會殿與秦碑皆
恩膏之流暨政共紀夫召郇化久行於洙泗幸綴庾樓

之末座明月同輝謬叨謝墅之淸塵春風共被訪綠郵之田父盡美中丞頌彤管之閨師不遺女綠逮宮保之移節勒偉績於南臺復總制夫浙閩樹物望於三台潮平貝闕雲展蓬萊夫人相對綬笥齊開似木公與金母表神明之不衰夫何紫帔方新白雲遽駕豈赴瑶臺之宴鸞鶴何之空留寫韻之軒音塵俱謝在宮保以國事爲家事夙夜靡遑而夫人本地仙作天仙悲哀可郤惟壼範之云遥丞盡傷夫姻婭嗟寒門之弱女締公子以連柯仰尊姑之慈訓將迨吉以鳴珂侍晨昏於笄簪定鞠愛之云多憶客秋之聘幣承珍縟之駢羅皆夫人之

手綫燦三英與五綻而乃旭日未占慈雲先散悵他年之廟見忍捧杯棬郵此日之謳言俱非里閈形箴千載堪傳述德之辭青鏤一編盡付招魂之館吁嗟乎蘭錡森森鈴軒爍爍賓從如雲橐鞬無算方引皇以傳呼獨向隅而永歎悲偕老之無人能不傍徨而待旦也哉六如夢幻一致彭殤寄言宮保請勿神傷況庭前之玉樹皆肘後之金章知夫人之含笑緜世澤以無疆聊一卮之寄奠迓海日於扶桑

金勒馬嘶芳草地玉樓人醉杏花天圖跋

一痕柔碧雕鞍繡轂之鄉十里鬧紅瓊闥珠簾之館章

臺楊柳慣代珊鞭明鏡菱花偏憐寶髻玉驄嘶處香塵與霧腳齊飛翠袖凭來紅粉共花光一色此葺鞦韆競傳名馬之篇而蜀葉鬟脣共羨麗人之作也然而庭前榻上誰幻誰眞畫裏歌中即空即色伯時據地遂高冀北之羣周昉拈毫便奪牆東之豔偶傳神於阿堵聊省識夫春風張向華堂如游綺陌王珂公子撫錦韉而早結蘭心金屋佳人展繡幀而欲邀綵伴嗟乎從來鴛驥大抵同轅自昔娵㛐每傷共室鹽車終歲誰憐仰首之鳴漆室頻年空作撫膺之歎項王帳裏美人泣不逝之騅白傅堂前愛妾愴難留之駱何似丹青一幅神駿

長存灰酒半杯娉婷即下也哉君如可换須留驄影於花間僕本無情且聽歌聲於夢裏

方野堂駢體文跋

壯采煙高逸情雲上抽心呈貌戛魄凄神寶鏡匣中激虎吼龍咆之響絲絲機上簇鸞翔鳳翥之姿筆刄剸塵詞猋吹影磕金石以捶字斧造化以搆篇神之所摶精之所擴直可揮斥八極盧牟六合豈第鏤紅鐫碧朘白儷黃僅步庾而肩徐徒提江而挈鮑已哉定知輪扶大雅好教市上高懸從兹氣餒小巫敢復籬邊酣吽

朱岷源詩跋

望赤雲於日腳客子初歸吐紅意於枝頭殘冬漸暖紙窗竹屋偶爲三徑之游獸炭松盆共作一宵之話傾君家釀敢侈言飲酒公明示我吟編謬許爲詩文敬禮巡廊密詠據案閒披堪分雪月之輝信得江山之助難加點治竊爲編摩賈碑則有字皆金庾集則無篇不玉讀罷而媵以標跋鈔成而載向江湖作掌中之印證定許實獲我心示海內之交游共詫無如臣里

周小頑哭女詩跋

蟾窟閟素娥之影月不終宵鴛鋪罥青女之魂霜無永旦檢庾信傷心之賦尤傷者膝下荀娘誦宗元乞巧之

支離乞者掌中佛婢拓矮箋之十幅鵑血斑斑升高屋以三號猨腸寸寸焚之糙閣應霏紫玉之煙唱向秋墳定萎紅心之草知子莫若父事可遮誠如君言愛女甚於男情所鍾正在我輩斷魂風雨看清明節物何非頃刻之花放眼雲山對爛熳韶華且盡逡巡之酒

方東來秋雨詩跋

石傾五色曍頭皆有漏之天淚下千絲拊節少無愁之曲山腰羃歷障青眼以誰窺月額靃靃蹙翠眉而獨鎖灑蕉窗之點點心悴孤抽籠蓉岸之冥冥色蔟三醉躭幽守寂閒愁隨豐注以無休戀影縈魂斷夢共浮漚而

靡據莫罄枲腸之輾轉聊憑弱翰以纏綿鳴定不平聲
眞無息蕭條中夜如聞塞北之笳寂歷高齋似聽淮南
之雁君爲秋士豈免長號僕抱冬心那能卒讀金錢翠
葢試靜看物外榮枯礎色禽情且默驗空中消息

書雙旭園侍讀親雅齋詩集後

重輪彩麗光搖不夜之天四照花開影布衆香之國叩
泗濱之浮玉竽籥慚音擎合浦之明珠螢蚌匿燿人依
璪冕語帶煙霞梳楊柳於月中出芙蕖於水面薔薇浣
罷使人之意也消珷玞裒成懷古之情逾甚莫窺渺慮
竊効儳言現寸爪片鱗想第叩之囊底丐殘膏賸馥恐

難得其環中願扶大雅之輪頓索小巫之氣奉波若眼得道試參牀上蜘蛛塞頻伽瓶餉空且熟口中茗帚

江賓谷題襟集跋

題襟集者邗上江賓谷先生入楚游草也夫其峩峩夏口城邊之雉堞千年淼淼襄陽江上之鷁艘千里荒山剩水半英雄轉戰之場暮雨朝雲盡才子銷魂之境而況人工賦恨家住埋愁千秋尋羅綺之叢一劍作雲天之客仲宣樓上撫陳丹暗粉以蒼茫叔子碑前捫斷蘚殘苔而侘傺悵然有作率爾成編濡毫而香挹澧蘭選詞而歌成郢雪賦沈元石九天招屈子之魂瑟鼓青峯

一曲寫湘靈之怨羨此日人間佳集復見題襟想者番天上仙姝定逢解佩

吳岑華先生陽局詞跋

右岑華先生陽局詞一卷字字胎香篇篇啄翠築脂刻玉疑女瑩之肌膚生卉活禽似邊鸞之渲染柔情旖旎花間蘭畹之編綺思紛綸石帚梅溪之調兆燕每當問字輒獲繼聲謬許爲座上冬郎頻示以夢中秋駕然而但吹氏厭中節良難拄指鉤絃成章匪易每披斯卷不禁神移譬之燭龍頓耀螢蛢自匿其輝玉虎乍鳴燀[illegible]難爭其響庶幾等狀頭之[illegible]解讀阿房比籠裏之蠭欲

星子云爾

焚樓贊

裕王入揚州羅宅某夫人合室焚死其裔孫聘繪焚樓狀索題贊曰

火性無我寄於諸緣發則必克神者入焉烈哉夫人持坤握乾娣姒妾媵從義比肩處緇不涅聚而殲旃嗚呼此樓千古歸然赤熛怒之德永著裔邸開之生獨全是何異逍遥乎涼竅之館而游泳夫清泠之淵

古佛贊

掩室摩竭杜口毗耶但憑五衍奚用三車隻履何歸一

葦頫渡廓然無聖孰知其故拈花指月隨處皆禪六時宴坐萬念寂然高齋無人得句呈佛默然許可吾意已足

楊效先先生像贊

空明其胷睟盎其容目若營天地神自貫始終一卷著銀河棹千秋婉郭宏農

田雁門竹杖贊

三竿兩竿爰居爰處欲訪先生直造竹所孫枝既茁晚翠檀欒先生杖履共竹平安

劉碧鬟墓銘

平江來鶴樓東雞棲之下有骨一具其魂不散憑乩告人自名碧鬟厥姓曰劉畫沙作詩多幽憂怨抑之語且云已證仙籙但惜此遺骸欲遷瘞於淨土里之人斂以棒擇虎邱眞娘墓側葬之金子兆燕走四方不得志過姑蘇聞其事哀之乃爲之銘銘曰

嗟爾淑女生世不諧懭悢以死埋恨鬱棲既妥爾骨永居仙闕吁勿再降蟪蛄之窟

鳳池硯銘

筆陣縱横墨光演漾染翰鳳朝鳳凰池上

風字硯銘

磥砢其形潤澤其致卽之也温如風之自

十三經連珠

蓋聞四營布算數生有象之初一畫探微道藴無名之始是以窮其要妙大儒諮籀桶之人昧厥精深古聖罰守門之子　易

蓋聞帝皇雖遠步驟可尋謨典具存筐篋如奏是以補成三篋備航頭壁裏之奇誤以一言踵淮雨別風之謬　書

蓋聞温柔之旨不假雕鏤比興之音只言情性是以謝姬奩畔雅評最愛夫淸風鄭婢泥中莊謔亦吐其秀韻

蓋聞書成元聖陽豫既占功在素臣膏肓何疾是以瞽儒目論雖譏爲相斫之書大雅心儀獨有其不移之癖

春秋左傳

蓋聞辨裁之體千載不刊墨守之功衆喙斯寢是以傳平地而衍敢壽俱奉良弓邁虞鐸而軼夾鄒誰嗤賣餅

春秋公羊傳

蓋聞筆操南董既登作者之堂經受西河定入聖人之室是以清而婉也自堪發潛意於高文表而章之庶以起遺編之廢疾 春秋穀梁傳

蓋聞王會彪旌乃以見聖人之制叔孫緜蕝然後知天子之尊是以儀著三千必備薦豆執籩之瑣篇存十七不辭折巾結草之繁　儀禮

蓋聞周籍既去畱疑實於千秋新政初行導禍源於萬世是以傳之不朽亦祗堪襲奇字於侯芭補之良難終未見成完編於俞氏　周禮

蓋聞刻舟求劍先後聖已陳跡之難尋擿埴索塗大小戴總冤言之靡據是以阬中灰冷拊心長恨於嬴秦市上金懸借面轉資於呂氏　禮記

蓋聞有會互紀知大文之如揭於天齊魯分編信斯道

之未墜於地是以說研有獲千億年卽半部堪師傅會爲工八十宗無一言足據 論語

蓋聞用勞用力陳編雖祇庸言屬商屬參分授具存精意是以絳衣肅拜紫微浮縹筆之光黃玉呈祥白霧鬱赤虹之氣 孝經

蓋聞方言急就皆爲鉛槧之資倉頡凡將詎恥蟲魚之注是以才能該悉當筵剖鼮鼠之疑學未精深舉節中蟛蜞之誤 爾雅

蓋聞當秦之世競尚縱橫由孔而來獨談仁義是以七篇炳炳堪偕夏禹以論功千載遙遙未許王充之妄刺

孟子

道光歲次丙申孫珉謹編次

曾孫疇
醲校字

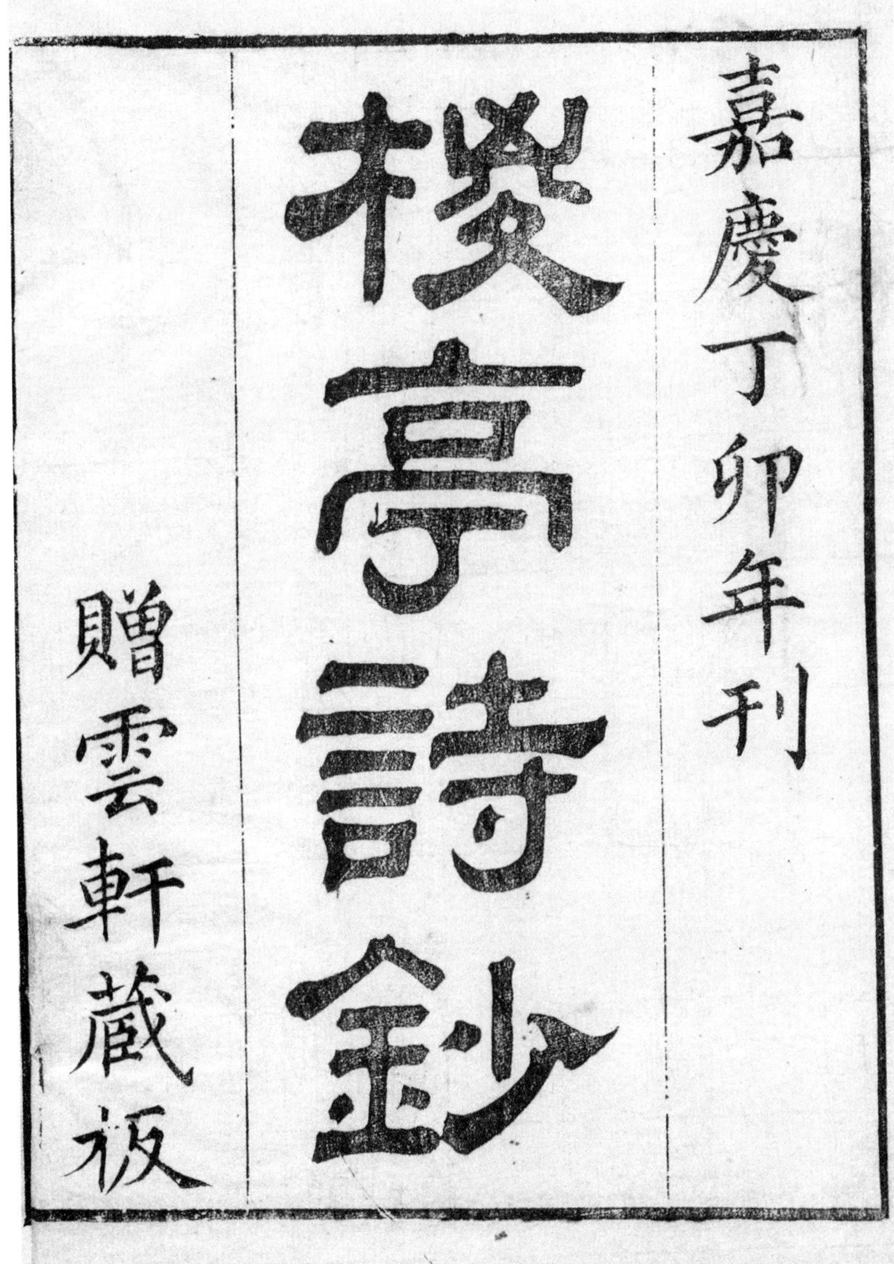
嘉慶丁卯年刊

椶亭詩鈔

贈雲軒藏板

棕亭詩鈔卷之一

全椒　金兆燕　鍾越

過戚南山先生書院故址

暮春風日暄踏青到南阜荒城何纍纍顧之凄然久斷橋流水咽高壟松風吼碑殘不可識剝蝕莓苔厚野豎牧其前老農耕其後路人謂余曰此地君知否是爲戚氏園當日常載酒講學集羣英蠟屐邀良友倏忽百年餘華堂没荒藪宅廢園亦空常任狐狸走余本幽憂人聽此中心惻貴賤皆子虛貧富俱烏有昔日庭前槐今日墓門柳天上浮雲多白衣復蒼狗

長歌答李息翁先生兼呈從叔軒來寄吳子荀叔

新安江冷清波駛霜華柿葉寒山紫蕭颯秋風吹客衣
白雲回首家千里千里家山旅思牽幾行新雁飛長天
修途傳邊札麗句托瑤箋瑤箋乍啟心如醉滿幅相思
凝老淚短砌蛩吟夜夜愁空山猿叫聲聲碎憶昔偕遊
金谷中大開帷幕召羣雄連蘗羊求苔徑雨掎裳咸籍
竹林風丁簾朝旭上未右壽烟重酒傾三雅碧花放一
庭紅談經師伏勝忘年得孔融門外溺攢何足數矉瞨
白眼睨遙空儵忽流光掣殲磹吳郎返櫂金陵縣六朝
烟雨隔江昏三春雲樹愁中見去年我亦辭鄉國氊裘

茸帽霜風冽執掌從親作宦遊脂車待發與翁別黟水黄山勝境多相期共探神仙宅吾家大阮饒奇興幾載爲文成解擯一鞭相伴走天涯吾儕豈合長蓬徑今年擬上天都峯置身萬仞凌清風雲巖矯首當窗見足所未到神濬逼奈何翁竟負前約山眼青青盼寥廓陳榻日常懸李舟何處泊吟魂荒忽對芝顔一條斜月空梁落君不見君家昔日酒中仙尋眞遍歷萬山顛花瓢竹杖人難遇烟嶺雲林路自偏千載宜平遺蹟在待翁更爲訪林泉

蕉露聯句應軒來從叔命

十笏蕭寺旁百弓荒祠拓啟南倦旅獲卽次繞牆足花
藥兆燕攤書擁萬卷清風入帷幕啟南窗外成綠天攢
株相捎掠兆燕垂蔭煩暑消布根芋魁錯啟南靈液吸
幽泉精氣奪土魄兆燕釘之水出谷剝之絲纏籆啟南
學書代蜀牋製衣當越葛兆燕竹彈文未成鹿覆夢初
覺啟南翠葉千箇舒碧苞一拳擢兆燕輪囷挺終葵戶
礩張鑿落啟南如蓮擘菡萏如桐拆蘽鄂兆燕窓如蜂
房連撑如鬣帆谿啟南蘭英喜初吐松鱗未全皵兆燕
乍剖只枒腹細拭無餘膜啟南中有濃露含甘勝醍醐
酌兆燕荷珠跳輕圓蔗漿凝洛澤啟南石髓扃神鬠錘

藏祕壑兆燕萃驂刺青血穹帳醞白酪啟南液承仙

宇盤飴藷妃脣齶兆燕一一品相較紛紛味俱索啟南

惜哉清虛質竟同蒲柳弱兆燕輕霜飛庭除憔悴委敗

蘀啟南文布與武沉餘潤盡枯涸兆燕襁褓鍛鳳尾連

蜷蜿羊角啟南畫意賸王維吟情倦沈約兆燕空有賦

凌雲誰解相如渴啟南

寄曹震亭五首

江左文章伯雄名海宇騰縱橫才八斗談笑酒三升芝

宇春雲藹蘭襟秋水澄忝年敢相擬聊復冀從繩

彩筆珊瑚架瑤篇儷體精丹山晴翥鳳碧海曉呿鯨淸

露侵虛幌寒燈對短檠樊南編甲乙重見玉溪生

亭皐攜手處斜日已三商落葉空林亂幽花野徑香關

河悲庾信身世老馮唐偶語寒烟裡西風萬壑蒼

新雁一繩直霜天九月初旅亭方倒屣客路又旋車蘭

菊君章宅蓬蒿仲蔚居論心何日共香雪小窗虛

新安江上客歲晏感離羣貧賤無知己風塵只憶君三

秋涼月夢百里暮山雲悵望愁何極相思入夜分

秋望

萬壑響蕭騷長天氣泬寥霜林圍古寺秋水失平橋山

斷遙峯出雲歸積靄消故鄉千里外回首旅魂銷

病足柬軒來叔

三庚苦灰炲偃蹇栖頹署局室不容膝歊暑氣密布有若蒸饙中加以熱湯注鬱攸壎胸臆滲黷汨胇附息踵幸小適濯足忽大怖微瘇何瘯膌喉㘖恧自顧立如攲器傾行若折鐺仆踸踔似躄蘷攣縮同拳鷺㣧徬郤子登次且壽陵步蹩躠愁雍深越屐畏卯露吮咋巨黽集蚤螫毛蜎赴鐵石頻箴砭刀圭屢劀祝韇讟夜及晨唸吚朝復暮杖叩畏禮苛壁挂避塵污鑿齒書未成照隣藥誰助白嶽祇一舍乃慳濟勝具張兩思欲奮扼再旋復住赤驥縶坌梡靑鸞囚竹�万追風凌霄姿奈何困泥

塢思君不可見告哀托豪素吟魂不厭疲且踏夢中路

初秋寄汪畊雲

臥病秋園旅思孤魚雲如屋碧天虛山中舊市堪沽酒客裡新交許借書石甃泉枯苔徑澀銀塘風細藕花疏相思只有空梁月夜夜清輝伴索居

寄懷吳岑華先生六首

漸江皎如鏡白石何齒齒秋氣忽已厲商飇起千里遊子懷故交攬衣登魁壘佳人渺天末盱衡獨徙倚落日滿空山浮雲疾如駛四顧增感嘆淚下不可止

都門盛冠蓋車騎塡九陌

淸時資黼黻致身各有策君子富經術刑名本道德秋
官重平反所急非刺賊不見古庭堅差肩稷與契
寒燈挂虛牖短穗光熒熒讀君所著書名理紹六經斯
道久蒙翳誰與辨渭涇我欲持是編一一啟愚冥殊勝
望碧漢稽首瞻朗星
中宵不能寐幽輝照我牀輾轉懷舊歡冰炭摧中腸高
樓臨大道里閈遙相望晨夕屢經過中厨具盤觴雄辨
摟壞籍高懷抗羲皇醉歌理絲竹歡樂殊未央如何形
與影倏爲參與商
吳絲全幅帛百卉呈芬芳裁製爲諸干當風自飄揚長

短稱君身紛緋步中堂顧我曳須捷解衣親持將不厭土木姿被以龍鳳章服之踰三載領緣有餘香一衣不足愛所重君子光闢篋感中懷提衿泪泿泿

旅館依空山落葉紛策策寒月照古廊陰蟲響頹壁遊子感秋氣中夜自嘆息蛩蛩飢誰念朏朏憂未釋修途渺雲山相思竟何益所期在千載努力崇明德

題方隱君畫松

何人潑墨寫幽勝滿幅蒼寒相掩映名士由來愛小園獨聽飛濤深院靜虬枝盤曲勢交加翠影娉婷色端正矮屋荆扉晚不關何人載酒乘清興天際夕陽澹未收

疎星已見招搖柄開簾不辭深夜坐好客斯人有真性
揚州秋月二分明相逢班草交初定深巷秋陰白晝閒
小庭禪榻疎花淨一卷新詩驚駭頤千言强韻壓病競
興酣潑墨作梅花女字横枝折瘦硬燈下草書妙入神
人詫老顛與大令江左文人吾遍識浩氣無如君最盛
何時乘我薄笨車訪君仲蔚蓬蒿徑十日盤桓老樹邊
與君撫餘同高詠只愛蒼髯謚兮官莫詫秦封屬大姓
碎粒殘粉盡收拾肯使老枝有餘剩松兮松兮保歲寒
方君託子以爲命勿使敬容殘客來樹間不足容車乘

塞上曲

匹馬寶刀橫征人拂曉行星輝依遠塞霜氣壓孤城發
昫五通鼓防秋千帳兵玉門關外月偏照漢家營

過潛虬山遇雨欲晤薇省不果賦此却寄兼示畊
雲

潛虬之山勢奇峭嵯峨百丈聳丹崎古松蘷跜疑龍騰
怪石猙獰若鬼趫我友汪子向我言此中才子有鮑照
作賦乙乙穿溟涬說經鏗鏗窮㓜眇書法二王衛筆力
詩篇七子遙格調鼎中禁臠五侯鯖邪數蟹胥與鴨劘
奇才入世難爲識空山匿影老蓬藋羨金自嘗鯗痕朧
潛虬應不入泥淖我聞此語神爲驚便欲訪戴命短棹

甘草苯蕁距虛負奇響鏘鎗麰豢賓跳郡城旅館一相遇
秋風客子豁懷抱千峯明霞侵衣裾一徑濕雲擁韝勒
闖門初下短簷車烹泉且試長柄銚階前濯濯牽牛花
幽色媚人枝相拗軸簾遙見鳥聊山霜華�生皴皰
匆匆握手未數言如諷幽經讀眞誥日富已曬裴君目
蘇門未聆孫登嘯旋驅蹇衛入翠微欲向枕中窺祕奧
焦明六翮豈易附吉光片羽或借耀是時已過登高節
短髮鬣鬖孟嘉帽千里陰霾生高旻秋霖淅淅風稍稍
空林慘淡鳥晝啼大壑泬寥猿暮叫百弓池館封寒雲
蓬壺咫尺不可到此時潛虬隱深霧甘寢似避豫且釣

我本風塵骯髒人愁潭老蛟結盟好太息此虬豈終潛
一覩尺木看飛翻歸持此意語汪子細雨燈前同一笑
桃源有路應可尋更擬入山偕阮肇

雨中過長林橋留飲鄭松蓮蝴蝶秋齋四首

瘦馬登登過古原荒橋傾亞傍雲根山分薄靄青沾袂
雨送微嵐碧到門睡鴨寒塘新漲滿歸鵐小墅晚林昏
子眞廬舍秋風裡黃葉翻飛谷口村

揖客苔階屐齒齊沿籬書帶草萋萋綠沉鎗管幽人筆
白墡蒿牆隱士泥松蓮善書滿壁盡挂大筆麗句初成詩詠鷓古歡
閒對帖尋鷺軸簾虛室遙生白檻外寒雲入望迷

短簷疏雨自濛濛，促膝飛觴興未窮。瓊粒禾堂春白粲，玉芽蘭砌立黃童。雄圖滿腹經營細，小影傳神渲染工。鶴箭不歸空嶺暮，無邊蕭瑟鄭公風。

開軒晚霽一峯青，搁眼塵寰傲獨醒。北海孔融仍縱誕，東山阮裕久沉冥。黃雲深鎖神仙窟，碧落高懸處士星。從此吟魂應識路，月明秋夢擬重經。

自新安買舟送晉氏妹歸里三首

冷署辭親闈，逝將歸故鄉。聚首此須臾，相對各徬徨。酸風來庭除，清晨理征裝。春寒苦晝陰，隄梅鬱幽香。溪流初解凍，舟子艤輕航。大婦偕小姑，差肩拜高堂。執手難

爲別涕泗紛沾裳
沾裳行遲遲相送河之湄哀親顧稚齒哽咽前致辭長
途依兄嫂眠食愼所宜貧儉乏資從歸裝輕可攜所貴
嫻內訓安問釵與笄纘齡厭薄宦會面應有期努力事
姑嫜勿復多傷悲
傷悲未能已輕橈欸言邁岸曲舟屢轉沙洲亦云屆城
郭漸已遠遙嶺出烟界歸禽爭寒枝駭獸趨空柴孤篷
聽暮雨共作團圞話耿念鯉庭孤短壁寒燈挂

屯溪晚泊

繫纜長橋畔開舲縱遠覽瞑烟上高阜春水失前灘不

耐初程雨已知行路難驚心昏定候回首思漫漫

過歙浦望郡城諸山懷汪稚川

山分衆流滙平川漸瀕澌遙嶺樹若薺急水帆如箭盱衡倚舵樓雲影紛欲眩高堞東山腰長橋劃水面石欄緣坡徑雲甍蹲巖殿鳥聊嵐色黕紫陽旭光績來岸疾相迎去峯奇可戀緬懷素心人幽居渺難聘

威平洞 韓世忠擒方臘處

危巖俯青溪片石勢欲落嵌竇藏古雲厰空解宿澤陰風體禁痒異境魂錯愕捫蘿試窺探欲進還復却傳聞古驍將於此縱斬斫三窟寃莫逃一枝鳥難託殺氣凝

杳冥妖星隕格澤功踰燕然山名軼淩烟閣至今草木狀猶作弓弦彍而我來登陟四顧屢驚矍乃知弄毛錐處世多落度逡巡覓歸路滑徑仗敗籜回首最高峯嵐光下縈薄

攜閨人登嚴陵釣臺

兀坐深艙中愁心困如束孱婦畏蕩搖嬌女怨跼促眠食乖昕暮炊汲飲童僕今晨啟篷牕喜見富春麓沓嶂峙高臺倒影碧如浴纜舟傍巉岊登岸恣眺矚閨中闇見隘覽勝但瞪臼豐碑倚頹楹苔草紛蔟蔟披帷瞻遺像斂衽拜虔肅覼問是何神塵案無香積石磴可小憩

覼縷爲汝告是本釣魚叟性一不愛榮祿作書詆相癡舉足加帝腹歸來持一竿獨坐寒潭曲有妻厥姓梅偕隱在空谷幼卽根仙胎長遂耦高蹈但知觀魴鱮不識有翟茀得此同心人共擁羊裘宿百年老滄江何必問朱紱吾心已曠然汝意定何欲一笑歸烟舟七里春波綠

西臺

寂寂空山古木春毀垣枯甃冷江濱楚歌擊碎竹如意不見當年汝社人

舟中元夕

風雨晚來急扁舟閉短櫺閙蛾喧野寺眠鷺冷孤汀夢

裡新安月依然到廣庭醒來愁不寐短焰一星星

錢塘江上聽潮歌

酒尊空燈花落孤眠百尺臨江閣薄醉寒衾夢不成驚魂一夜翔寥廓初聽尚汨汨再聽更洶洶呼牟老犉鳴窖中無乃灌壇神女過馳刻鈌兮鞭豐隆抑或黃帝張樂洞庭野守神塗卻轟鐘鏞又似天山胡馬夜鏖戰戈鋋奮擊千羣鐵騎鳴寒風大聲兮䃔礲小聲兮砰磕砯傾崖磤大壑駭膽慄魄礵舌呿齶想天吳之騰擲兮共倉光而跳躍翻鼇兮盪鯨崩壺兮倒瀛長鬚國裡凝笳登鼓醮女而館甥龍王宮中大會食饕蛟饞鼉磨牙吸

吽紛喧爭凝神瀝耳疑信總相半震天駭地從未聞此
聲伏枕一聽悟乃知前胥後種積恚鬱怒激盪而爲此
不平之長鳴洗茜蘿之零脂澡石室之餘穢愀寡婦兮
拊心嘈壯士兮裂眥響砯汃兮軥軋風呹嘐兮颼飂獨
披衣兮侘傺見殘月兮當樓憑欄悄立四顧而無語兮
頓使我填胸塞臆撐腸拄肚坌湧夫千秋萬古之牢愁

北新關清惠祠謁先少參公遺像有序

明故朝議大夫湖南兵巡道布政使司參議推
陞南贛巡撫金公諱九陞字樊桐爲郎官時奉
命榷杭州北新關稅值寇亂楚蜀道梗國帑蕭

然公心憂之歲既冬寇氛稍息估帆乃來甫一月而正供足公乃悉蠲後稅舟楫雲集市無折閱而民用以饒商與毗咸戴公德祠宇範像春秋禋祀于今百年乾隆巳巳春五世孫兆燕入越得瞻禮焉敬賦五言四十韻追紀其事

祠堂臨水涘石瑊古苔封窻納海邊日門迎湖上峯檐輝明晃朗鈴語響瑽琤春社鳴晨鼓寒潮帶晚鐘香聞隣寺柰影映曲廊松仰止容儀肅思成拜稽恭舊勳猶赫赫往事忽憧憧繄昔方屯厄遐陬徧寇衝豁榆紛聚蟻貧筍恣攢蜂赤縣將沈陸黃圖屢告凶邊儲虧廩庾

國計窘租庸釋褐初紆綬登城便舉烽公宗正戊辰進士改會副授棗陽縣令琴堂書上考粉署佐司農為戶部郎中榷關稅艑舶通江海

關津算椽賓羽書何壘壘苻澤正洶洶杼柚嗟難繼蒲

嬴歎靡供荒原愁越絕疲戍怨吳儂鷓叫湘烟斷猿啼

蜀道壅旄頭看郅偈金翅駭艨艟鹽鐵空持論舟車竟

絕蹤量沙三府匱仰屋百憂攻日促憐窮庶星迴值暮

冬寇氛稍蕩戢估艀競征伀榷布如山積朱提似水潨

安雖同燕燕飢且拯蛩蛩羣賁尤堪念㾓年亦孔卬門

闖躅賦稅鼓桄快朝宗萬艦春波濬千檣曉影重不征

留古法深感遍愚悰搆字人輸絹鋪筵[illegible]薦饔神弦調

曲雅昔酒酹尊醲遺像欽如在前巖杳[illegible]逢甘陵令共羨元祐昔難容事詳東林列傳北闕塵迷鳳南[illegible]月冷荃丹忱貫江漢兩廣通志載公禦寇事甚悉白髮老戈戲憂[illegible]顏猶悴公病君金陵推陞南贛巡撫未赴任以憂卒齋心貌自顒緋袍遺制古烏几篆烟濃屋角歌陽馬碑題黌塚龍迹難終祖德靈或佑裒宗瞑色冬青樹墳愁尚滿胸

秀水舟中晚眺

碧影清波動綺寮晚粧樓上整雲翹斜陽一帶珠簾捲西麗橋連北麗橋

懷鄭詩有序

兆燕髫時侍家大人客邗上吳門鄭紺珠先生一見器之贈詩有驚才妙奪天葩艷麗句還同老鳳清之句復聞紺珠友有歙處士鄭松蓮先生者亦工詩及書法訪之已東裝去閱十餘年隨大人官新安數過松蓮室爲莫逆交今春自新安歸里道經姑蘇將訪紺珠之廬而舟子以風利不泊惘惘遂過得松蓮于意外失紺珠于意中人生會合之緣冥冥中亦有主持之者耶孤篷不寐挑燈點翰作懷鄭詩并寄二君非足代瑤華之音聊以抒飢渴之念云爾

少年讀經註未熟先鄭後鄭紛眩目後來涉獵親風雅
唐人最愛嶋與谷不謂平生數知已亦惟二鄭最稱篤
十年前接紺珠膝珍珍短髮纔可束十年後把松蓮袂
風塵牢騷已滿腹空聞狠朧能饌金每怪鼠璞偏溷玉
而我屢爲國士知往往顧影輒自恧紺珠先生最愛才
酒酣說士甘於肉憶昔癡頑了角兒之無初識隨人藝
魏收弄戟不知書陶謙綴帛猶騎竹牛心啖我盤中炙
毚毫寫我裙上幅琦牋烏几偶竊窺始知鸞乃鳳之族
乘舟江上已解維欵扉旅亭空剡牘不意神交十餘載
一旦坐我花間屋每與松蓮數昔遊縈塵吹影杳難復

今年擬更訪紺珠話舊共翦西窗燭清輝咫尺不可見
門前春水空如縠何時得為汗漫遊一樽共醉吳山麓
晴湖披霧看縹緲古牆剔蘚和幽獨輕帆御風疾于箭
相思獨傍楓橋宿千里膠漆搆良緣數武參辰隔芳躅
乃知離合信有數此中消息難預卜折麻分緘寄二君
兩家書帶應已綠

吳郊春望

遲日江村麗錦緹曲欄深巷草萋萋女兒愛挽夷光髻
稚子能馴李保雞泰伯祠前花覆屋春申浦上水平堤
鴛鴦家在愁烟畔欲問吳宮路已迷

京口阻風

小舟豈安居我行亦永久屈指數郵籤程站已十九私計不半旬入室掃戶牖奈何隔衣帶便若絕飛走初泊恐無隣落帆漸多耦斂櫂羣不前息榜更積後晚烟濃如市高檣森若薺官舫自鳴金賈船亦擊斗波隙明桅燈桅側礙岓柳景熱歡童稚聲喧愁病婦江胣舞怪風枕上聞狂吼天明起盥櫛開篷一伸首側立但矔目還坐仍束手浪山壘崚嶒波岳傲培塿翕匌潮勢來砰磕江聲走寒猿鳴嗷哮乖龍態蚴蟉陰霾結慘淡碧刻錯午酉南徐城屹屹北府兵赳赳興亡千古恨一朝亙纏

紏凝爲雲不開鬱作霧難剖盱衡但一千我竟何有
洗碪鱠殘魚拭案翦早韭持杯對雙峰一飲京口酒

渡江

中夜狂飈靜今朝好解維汀花醒宿雨岸柳媚新曦重
磧輕舟穩危檣急櫂疲烟籠揚子驛潮濺奠貍祠海氣
蒸孤嶠江聲撼曲碕空靑吳岫淡長碧楚天垂甌宰然
烓竈船娘拭盥匜臨風堪曉沐放溜且晨炊枯坐無人
問長謠有所思雲舒望眼萬里曙光彌

眞州江上夜泊

空灘椓杙暮天何處南洽品未能方響亂敲青岸月

圓波深浸翠篷燈　三更愁思江濤湧萬里寒光夜氣騰
長笛一聲清露濕　舵樓高處冷于氷

入港二首

長空一片晚雲迷　撾鼓回驅入小溪頭喜家山春雨足
到江新漲已平堤

瓜步寒潮白浪堆　石帆遥挂大江隈莫言東逝無情水
曾繞山居屋後來

抵家

舟中艣未停岸上　人已待繫纜垂楊下　喜見吾廬在荒
邨對夕照老屋當春風入門視庭楹昨夜猶夢中鄰里

見我來聚觀盈我門親戚喜我來挈榼更携尊我心轉多感惻愴安可言憶昔初出門庭柯不盈把今來攀舊枝翠蓋覆檐尾南鄰叟已歿東家婦新寡人事歎滄桑歲月驚奔馬重門扃鐍開苔草紛沒階空案見鼠跡破甑堆塵埃明知不久駐且復葺其頹晴日小山叢冷月漸江瀨昨夜夢在家今夜夢在外

飲吳岑華先生半園率賦奉呈六首

故里方停棹名園便款關喜看花摻在驚見鬢毛斑濁酒堪斟酌浮雲任往還小窗紅燭麗促膝且開顏

趙蔭知難住膺門此重過如公猶蹭蹬顧我合蹉跎花

歷無顏帢塵封深維韡去年今夜月燕市共悲歌

翟門題後冷寂寂音常局啁哳鶯調舌璩璫鶴曬翎空

庭雙樹碧虛牖一峰青白首休長嘆寒芒炳列星

宅對青山面門臨淥水濱高梧排幹直乳燕定巢新爲

雨知他日栽花及此晨傳家有舊譜莫避職勞人

未必著書老何妨棲地偏白雲尋舊徑烏几愛新編鄰

笛高樓月漁歌極浦烟聲聲愁入夜把酒各茫然

幾載雲山外依依夢寐親何圖趨鄭驛復得飲周醇問

字奇須記論文法重陳莫嫌來往數駐屐只彌旬

題鮑薇省百首荔枝詩後四首

輕綃一抹裹幽香空飽荒陬阿囝腸不有詩人評泊好
海天千古怨茫茫

綠葉萋萋羨側生不辜閩嶠幾年行笑他癡絕江南客
祇向楊梅詫日精

滿林灼灼復離離一片朝霞萬顆垂可惜中原無此種
三分清氣付鵞梨

百篇吟就鬢霜侵幾載家園病不堪可是美人定憔悴
年年石貝蠹秋霖

吳甡芍書館喜晤鄭封山次日甡芍賦長篇封山
屬和余亦依韻成章奉訓二子兼寄金陵諸同

人

新安吳供芍讀書窮二酉文章薄霄漢意氣驚尸牖雲
烟紙飛騰蛟龍筆蟠糾幽經與怪牒奇麗靡不有抽篁
每壓人擘袪獨愛某新文必相示疑義屢與剖混珠目
慚魚續貂尾恐狗向若失細流學山忘小阜郭嶺暑氣
銷漸江秋水瀏落葉感長年吟蟲促懶婦看山破愁城
披霧入文藪幽谷聽猿啼晴原駭鹿走獲身艮其背乎
朋解而拇入甃我求蒙叩戶卬須友雅韻挹滿臼俗塵
撲盈斗散帙紛陸離相如與枚叟瀣咀齋房芝滿酌衢
尊酒坐客更偉岸姓氏急細扣通名共一笑天斜態蚴

蟉豫章生叢薄茉蒨涵新檦騏騄駕短轅趦趄隨牝牡每歎才難遇未免俗易狃而我所神交一旦獲執手如貢嬴百倍似農穫千畝憶初識之無文河昧蝌蚪咫聞貪涉獵千金珍敝帚時或緣扡埼往往獲報玖刻意絕町畦極力脫窠臼側身入詞場倰僜亦已久未克聲爲律徒益顏之厚誰爲垩去鼻競嫌枷生肘白紛苓開發闚戶家仍部文壇幸多師試與數曹偶衆峯排岱華小垤厠嵣嶁或解精六書聲韻研子母或能通三易疇圖辨先後或奇字滿腹或香詞溢口書或二王間算或五曹右賞奇共細哦發難繳大吼前年客秦淮畫船明佼

懰孥賢正大集著述定可否飲噉縱十日初七至下九共言鶺鴒句新交吾輩忸神物昂青霄那復數庸鯫唾手青可拾息踵黑自守六籍長枕葄百家恣踐蹂余聞大稱快有如篦刮眼便欲訂霞交偏難擺塵杻識韓心自切訪戴事多負鳥飛枉張羅魚逝空設笱懷人每觸根讀賦敢覆瓿今夕是何夕偶被涼蟾趣本尋秋岸花忽見春月柳兩美耀我前愈增仳倠醜平生歎瞀學逐聲叶竽缶豈知豪傑士獨立竪身首刺渴自爲天力微本無舅何事踐陳迹百吠應一嗾自今獲二君便若侶千耦寄語諸健卒得毋避舍黝

寄葛繩武

梅花亭子記歐陽幾載征人最憶鄉傳語松風留古韻
好添蕙帳貯幽香一竿到處聊爲戲三逕遥知尚未荒
小室爲懸徐孺榻遲君吟屐破苔霜

棕亭詩鈔卷之二

全椒　金兆燕　鍾越

暮春過吳徴芳齋中坐話即同登舍利菴僧樓晚別

山村三月春雲曇溪流曲曲拖濃藍竹兜輕如坐小艓峇巇危似穿虛龕墨市估客擁髮匣茶園少婦提筠籃鼠姑大放紫鞓麗燕雛初試紅襟憨山花野鳥媚倦客紛如入騶導兩驂幽人局室臨路口棗花簾子堆朝嵐參門便坐讀書榻握手一笑祛積憾錦贉壓架繡作袟青萍挂壁鉎滿鐔巡簷酣叫恣嗢噱跳盪青兕鬭白魋

主人斂襟忽侘傺自言平生百不堪憶昔褵衣尚垂髫
頓失耶罷悲煸鐕雙雛寡鵠持弱戶百憂如蝟不易擔
季姜長帙夜累累陶母短髮朝鬖鬖冬雪葛帔苦須提
夏漲茆屋慮消洌凍雀空望頁喧煥蓼蟲那知食薺甘
丈夫三十不得志蜷局如覆交虬盦竈上豈容驥展足
尋頭詎易米淅泪老母未免飯蕣糲安問室內妻與男
東家乘傳誇娃偉西鄰徵歌招何甚刺促窮士抱故紙
脈望何時仙枯蟫僕聞此語亦心惻勉旃君請無多談
將飛必伏伸必屈無乃其理如是瀞況君中林秀蘭蕙
六經枕葄工研覃擷豔貞堪轢鮑謝攡元直欲排周聃

夢窻白石恣搜討細瑣如縣璘藉蠶玓看千里只一覢
飛黄脫紲奔趍趯烏哺定報北堂北豹隱寧終南山南
聽鸝撲蝶且暢意慎勿愁思攢鉗鏨舍旁小徑入叢薄
其中聞有舍利庵芰荻奇葩吐玉茗輪囷古木森石楠
掎袂且與豁倦目空香柰苑深𢧐𢧐梯桄連步上高閣
三十六峰如排簪星𡲬上下明窔窨雲根左右歌籃窾
砉然仰天一長嘯蒲牢大吼萬竅籟歸路更取石逕爪
和風冉冉扇微酣許君山頂遊更再送我郵口揖復三
花光向人弄晚霽頳玉盤子銜空峆

霞山精舍訪戴稚圭

赤熛司炎辰會暉布歊赫拂曉入空山眷言訪烟客繫馬濃樾下蘿逕覓行跡紺宇閒幽磬翠戸蔭疎㮇握手雜笑言褫帶解絺綌輕颸入薜帷薄嵐映茵席方塘彌泙鏬長簟滲苔隙清言恣歡暢遙嶺日西夕方欣塵慮靜奈此積景迫欲去復邅迴徙倚松間石

偕汪蘅圃小軒納凉枉棠以詩見贈依韻奉訓

壽陵步未工承宮面孰代自慚詅癡符飄瞥歲云邁刻蒿以為矢裹廚以為鎧鏖戰逢大敵恐難恃狡獪簟遺笑陳諶丈逐類范甸時侍家大人側聞一能知幾屢聽仍不解揚來親大雅為我啟幬昧索觀拙集過蒙推獎威鳳一引吭小鳥

頓忌喙投礫乃捧瓊有如餌用犗温柔經採葩雄麗史
擷稗寸管握弱翰強弩發剛挂每歎溝猶儒耳學輕老
輩抔水測溟渤聚埃擬華岱蚓竅作蠅聲無乃太湫監
河伯向海若定自失澎湃雖復賦小言安足知大槩促
膝語未終蒼垠欻逞怪玉虎喝積聾金蛇爍衆贖涷雨
紛浮泡央瀆蕩積閩抱頭童鬅鬙癡若囚被逮余方大
酣適更促翦燭話敢冀夔憐蚿庶同狼倚狽從茲數晨
夕賞析惟君賴宵深披葛幃簟紋滑冷薤

普滿寺僧房讌集疊韻贈朗暉上人兼示蘅圃

古寺名普滿更歷唐宋代剔蘚讀殘碑虞集文奇邁其

中有開士勤披忍辱鎧毒龍制躨跜野狐祛狡獪僕也本鈍根慧鏡苦莫旬日從支公遊禪宗仍未解時時到講堂聽法得三昧一聞廣長舌無敢置短喙洪濤渡江蘆紫氣出關犗乃知眞解脫不同沙門稗腸應投澗洗足定向壁挂偶開香積厨入社邀余輩元津問西土黑籍怖東岱盱衡雪嶺高局身火宅隘羣思借慈航一瞬渡溯湃花宮何陰翳禪房亦退槩四壁繪泥犂聖畫恣譎怪庶用喝嗔貪亦以警聾瞶而我每獻疑無乃于理閡返觀身亦空那見畱必逮參遍有覺禪說盡無生語紛紛談龍象一一總狠狽只有般若湯吾生急所賴且

與京園葵何必刈山薤

夏夜憶舊二首

水閣虛簾夜氣凉銷魂曾憶住江鄉紗帷珍簟清無暑

鬖髿烏雲茉莉香

寂寂蘿軒掩翠門空廊明月冷清樽螢輝滿案慵開卷

愁見當年粉指痕

長歌行贈黃山僧雪堂時住錫城東富瑯塔平等庵

東皋山光晴散綺嵓嵬塔影雲中起百弓初地隱檀欒

濃翠疎簾清映水黃海詩僧字雪堂蕭然衣裓貯文章

妙音舌現珊瑚色彩筆書堪玳瑁裝湯休名姓人爭慕

飛錫偶來城外住倚樹談禪得眼榛閉戶讀史懸腰瓠
小園秋筍滿林於玉版來參香積厨般若湯傾銀鑿落
元香瀋滿玉蟾蜍蓮社名流紛可數風前跳蕩如虓虎
聯吟放筆拓長箋賭酒藏鬮誇大戶鉤簾斂衽爲余言
身世閒思欲斷魂往事尊前堪僂指醉餘不惜向君論
我本新安豪俊族家聲越國聯華轂籯金奕葉本膏腴
質庫鹽車遍吳蜀少年意氣劇飛揚心計羞隨賈緝郎
對影每歌靑玉案臨風愛佩紫羅囊幾年蕩忽春宵夢
羅綺筵歌喧畫棟博進千堆結客塲纏頭百匹迷香洞
偶然烟景愛西湖十載徵歌湖上居狂卷白波呼白墮

醉扶紅袖入紅蘘狂朋怪侶相追逐射雉未終旋蹴鞠
座上揮金輕似沙酒邊說士甘于肉白鼻騎駒紫鼠裘
看花時節縱嬉遊春風挾彈銅姑瀆秋月吹簫望海樓
短夢無憑易銷歇盈虧轉瞬天邊月但知白眼可撐雲
豈識黃金難作穴歸來羞澀一囊空厚薄人情反掌中
欒釜朝廚聞厲響斫荆夕院萎芳蘼行踪倰僜慚鄉里
鏡裡頭顱空鬅鬙道路誰憐任昉兒丈夫羞乞胡奴米
聞說天都最上峰精靈萬古祕奇蹤一朝解脫諸緣縛
薙髮披緇入梵宮晨鐘暮鼓流光駛獨對孤峰頻徙倚
綺語紛披懺未能依然未見桃花聾年來左耳復新聾

捎篋難除耵聹空枯坐蒲團花落盡泉聲松響有無中師言未終吾狂吼相逢且盡杯中酒自古文人半轗軻駱丞賈島相前後況今世路總坡陀衣狗浮雲瞥眼過祇有生天憑慧業何妨得得復何何我亦天涯牢落客雲裹烟鬟明當發與君長嘯上天梯三十六峰秋月白

登樓

千峰望不極秋思正紛紛野寺全臨水山邨半在雲芺盤明淺渚楸線亂斜曛何處桓伊笛高樓向晚聞

晴

雲歸斜照外空碧淨無塵樵斧聲猶潤山花色乍新積

波千澗疾遙黛一峰眞獨倚僧樓晩臨風墊葛巾

黃山詩五首

湯池

鼓興入名山跰足耐蹴躃尚未陟嶮巇焉敢告疲苶古寺名祥符石徑複屢折虛堂延小憩苦茗供細啜苔丆傍石橋潺潺聲不絕下有池一泓斜竇汩淸泬神瀵斛天漿陰火扇地穴跣足入幽坑解衣挂枯蘖褫體觀淨因靧面暢禪悅乃知離垢地不受凡塵涅披襟坐空亭鳥影拂高凸千峰凝暮靄一心朗朝徹何必玉壺旁碎揀硃砂屑池一名硃砂泉周書異記云軒轅至湯池見玉壺携歸石室飲瓊漿升天

慈光寺

雲裡來鐘聲不知寺何處但見猿狖羣紛紛入竹去深澗架獨木俯仰絕所據路轉境乍闢紺宇互騫翥峭壁作繚垣陰森舛昏曙遙覓十餘里清泉不假漉古佛參四面塵緣滌萬慮秋旻月正高山氣寒相助日旰猶蒙絺夜闌謀擁絮詰朝更探奇濟勝具當豫藤杖選枯根芒鞋剔殘淤燈下强老僧山郵細條疏

文殊院

登山不問途容足便舉趾雲肆垂仙迸霞窟叠幻綺滑捫蛟室腥險攀鶴巢庳石當身竪鋩潭俯影無底俞空

隔仙凡移步判生死從僕勉後隨導僧屢前俟穿透天一綫漸覩海千里蹣跚入小庵枯衲方隱几炷竈爇白蔬石鼎煮赤米休足得展目杉根頻徙倚奇石擲元熊怪松鬬蒼兕佳境知漸入未敢言觀止不待曉鐘鳴牀頭覓棕履

蓮花峯

昔聞太華峯乃有玉井蓮其花高十丈其藕大如船此言疑怪誕私心竊不然何圖覩靈異乃在小華顛巨根蟠黃壚危瓣摩青天獨立眺九州一瞬窺其全海氣黃翕㕚江流白蜿蜒四明淡帖䆪九子紛孳拳天目與匡

廬一一相蟬聯撋眼癡若雲攫身輕如烟趺坐白霧中
自疑爲水仙拍手笑龜魚穩睡葉田田峯下有龜魚石

鍊丹臺

我生困塵濁偃蹇蟪蛄窩欲乞餐霞方邪無入星骨履
險捹微軀探異陟硉兀筇杖荷芝篕不敢畏顛蹶軒皇
乘龍後仙境多荒忽嵬然鍊丹臺萬古高嶕峷鼎銚偃
空山龍虎氣未歇孰調文武火嬰姹餘騰勃山腰百步
梯一步一跪跪後肩續前踵上履躡下髮銜尾似渴鼠
帖腹若飢蝎踡膝憩崇岩齋心通眞謁白雲爾飛來吾
將排金闕

偕吳洪芍訪方蔓生不值二首

偶捧瑕牋嘆異才傾心便訪讀書臺摳衣不待投綫刺班草先謀坐錦苔迎客鶴披黃葉徑避人鷗起綠萍隈虛堂日影過簾額看竹誰家尚未回

蘭交作合自多艱乘興先容亦擬還銀葉撥殘香細細金英數遍錦斑斑留髡此夜應投轄御李何時更欵關佳句歸吟高閣暮銜杯空對夕陽山余最愛蔓生杯底夕陽山句

贈江村野叟

高嶺白雲外腰鎌一徑通全家廬郡北生計老牆東沙岸屋邊坼江流天際窮浮生何限感長揖向悲翁

木蓮花樹歌

南海沙乾風揚塵紅衣酣睡千巖春蓉裳日炙湘娥愁
天風木末吟高秋淨根不受汙泥滓披霞濯露空山裏
瓊姿閃影到人間十里赧紅抱香死浮邱袂拂軒皇爐
合丹午夜採花鬚應真八百雪山側歸來好住翠蓮國

秋日過歙西鄭氏書樓偕吳二徵芍小步近山同

訪吳大松原歸飲月下三十韻

千峰曙色曉蒼蒼極目西風客思長藻井蕭晨餅燕婢
綺塍豐歲咒鴉娘偶經古鎮知巖邑爲訪幽齋過野塘
小閣高懸徐孺榻寒流斜抱鄭公鄉疎籬六枳開花徑

曲岸雙扉轉畫廊旖旎青帘沽酒市弸彋絳帳讀書堂
高名自昔原齊富奇字而今只問揚上足人皆夢秋駕
垂髫女亦誦靈光垣衣雨後侵琴薦壁帶塵中冷劍囊
璃匣米山鴝細溜牙籖鄴架籠牢裘一編別集名乾朕
幾闋新詞號弁陽露滃薔薇纈擷秀霞明楓槲更尋芳
橋橫畧彴明紋縠鐘吼蒲牢出寶坊擁屐乾沙枯澗澀
胥衣弱蔓古藤僵鸛巢晚隱深林赤鹿柴晴堆落葉黃
雲過歌臺鳴響玉苔封恨冢弔幽香百弓地復開佳境
牛刺綾旋謁阿荒尸對奇松青倚碁堂迎修竹綠排檜
橛頭船小牕前過洗手花粗砌畔昂鐵榦丁丁聞啄木

金鈴楚楚見治牆翠屏如畫橫高巘緗袠連雲壓古牀
據案書癡應似竇揮毫草聖詎輸張山分點允眞堪羨
津躍機雲不可當險磴迴尋朝徑仄虛簾早見夜燈煌
論文座上冥心會射覆筵前蓄意藏紅燭刻時詩虎捷
白波卷處酒龍狂何須倚檻悲王粲且自敲巾問葛彊
蛩語驚心喧四壁虬壺瀝耳報三商國香忽入林蘭隊
經袖眞趨帶草旁雙眼矘瞇濃醉後一輪寒月滿樓霜

寄懷汪薌泉五首　時薌泉客都門館桐城張太保家

虛簾明月露華濃千里相思入曉鐘才子名喧丹鳳闕
羇人夢冷白鷺峰飛蠅有意思隨驥負屨何時得借蛩

行到長廊携手處幽階一夜語寒蛩

一泓秋水轉清矑叔寶清神杜乂膚顧影自堪輝日下

鍊形何必隱天都揚鬐神物終歸海斂翮珍禽且在兹

定是蓬萊峰頂客僦居已住小方壺鄭泉寓齋名

錦韉珠勒赤霜袍結客幽并意氣豪健卒彎弓看會獵

酒人側帽約題糕三都筆札秋雲麗一笛宮牆夜月高

畫壁旗亭多儁侶那能閒憶到吾曹

驚座才名擲地詞宋風謝雪總相宜紅樽高讌公孫閣

綠墅閒陪謝傅棋珠履三千人散後玉闌十二月移時

沙隄槐柳重重密莫訝吟魂入夢遲

白楊蕭瑟滿空齋荒逕重扃晝不開落日孤猿愁嘯侶
秋風倦客獨登臺呼鷹且縛黃皮袴命酒聊銜綠玉杯
寄語故人知此意臨風爲我一低徊

同吳供芍夜宿

摵摵空庭落葉飛深宵攬袂倚爐幃歌當曲盡腸千轉
話到情多淚一揮小閣爐熏香入夢疎簾月色冷侵衣
匡牀共聽霜飈急秋點聲中燭影微

飲李彝敘園亭次周仲偉韻

良朋相聚即相酬局室圍爐興自幽擲地詞章青鏤管
驚人眉宇紫貂裘疎梅幾點橫高閣叢竹千竿俯曲流

銀漏三更濃醉後一聲霜鴈起鄉愁

題徐松源蓮花溝弄月圖

鰕湖鶖嶺雲海鋪仙人窟宅棲天都花瓢竹杖者誰子
風流自號南路徐蓮花峰下弄月久萬頃烟嵐入吾手
偶然潑上剡溪藤百怪淋漓無不有貌將仙的與神纍
五嶽精靈腕底搖却向空山厭兀坐一扁舟直下廣陵濤
廣陵城下繁華子愛畫牡丹門紅紫忽見寒鴉枯木圖
置身疑在冰壺裡先生筆仗清且高先生意氣何雄豪
却携禿管皴焦墨美人簾畔聽吹簫吾聞畫者古多壽
先生得天應獨厚下筆即看心吐花掃塵那畏肘生柳

江流到海地形頹塗抹空教費穠材終倚天梯獨長嘯
濤頭醉上軒轅臺

戴孟岑吉士招同汪琴山周橫山寰宗上人集飲

江城逢五月瓜果足清遊卓錫僧銷夏含烟竹有秋晚
雲沉極浦新月上高樓訪戴眞乘興兼旬更滯留

送寰宗上人歸山

大幕山前路春來我重經送君今日去回首亂峰青

望夫石

古苔疑綠髮新蘚學紅糚不盡心中事無言對夕陽

翠螺書院同韋約仙夜宿

繫我江邊舟登君樓上牀明月照無寐疎簾弄幽光幽光明復匿中夜各嘆息人生天地間何處行胸臆古道悲風多遊子夫如何酒至爲君飲飲罷爲君歌明發別君去悠悠江水波

題秦廣文冊子

天風吹江江水立江霧濛濛空翠濕江畔千秋一片石江邊筣笆幽人宅幽人泠官天之涯天梯長嘯尋丹砂宣平庵中送我别李曰樓下訪君家君家高對翠螺山山色空濛杳靄間一丸明月應堪捉千載高風未易攀先生自是謫仙侶每向樓前澆綠醑我來獨立樓上頭

相思千里空悠悠石有髮松有釵花瓢竹杖求其儕行年六十未云老說經娓娓治事齋故山猿鶴如相問我亦軒轅臺上來

雨宿鎮頭

風雨郵亭暮離人百感生陰堂疑五酉陽令失三庚竈領寒烟斷山腰積霧平沾裳何限淚不待嶺猿鳴

聞吳岑華先生凶耗口號絶句十六首

眯目黃沙擲鷂風江天萬里作愁容高樓獨客傷心暮一紙鄉書淚滿胸

津亭日日盼書來誰信翻郵去札回漫道鱗鴻天海濶

更無消息到泉臺

合并幾日別匆匆蹤跡頻年類轉蓬紅燭離堂花月夜
觥船悔不百分空

兜率天中自在行維婆朽木悟浮生定知回首無他戀
祇有難忘范巨卿

幾載秋曹白髮新于門蕭瑟對殘春如何漢代張安世
偏嗣庭前磔鼠人

老樹西風忽報秋芝階蘭砌總浮漚青箱幾箇能傳業
勿效南城只淚流

怊悵哀辭劇可憐朝雲春草易成烟妒津未必通銀漢

休向天孫負聘錢

王孟高岑詩格雄
景唐屈宋賦同工
牙籤塵案俱零落
誰檢遺文付所忠

僧籤梵夾老吟窩
綺語翻因懺後多
清絶曉風殘月句
空留狂醉法明歌

終身坎壈向誰論
才子其如賦命屯
一事旁人聊慰藉
差贏及第賜孤魂

翟公門戸冷烟迷
磨鏡何人奠一卮
隣笛寒風吹獨夜
酒壚人散已多時

暫脱朝衫坐釣磯
向平素願嘆多違
溺攢欲避真無術

溫序何緣只憶歸

憶昔東華共餞廬
帝城風物洽遊都燕昭臺畔重過日丞對荆高舊酒徒
沉醉燈前讕語時偶然誌墓重相期江湖筆硯俱荒落
何日方成有道碑先生應鴻博不第有惜其迂戇致遭按劍者先生笑謂余曰他日誌吾墓云爾
落木蕭蕭蔣逕秋荒閒誰更識羊求從今休作懷鄉夢
碎却枯桐汗漫遊
三尺孤墳十字銘素車何日哭泉扃秋風灑徧江天淚
一片殘陽夢日亭

喜李嘯村至即同汪琴山訪晤主人鮑洗桐留飲西枝最小齋嘯村索余贈詩即席成長句塞命兼示同座諸子

江城六月苦潦汚黣𡲀壁帶腐戸樞兼旬兀坐出不得
如猻入袋鳥在籔晨起有客狂叫入告以好友至于湖
急披葛衫納布履長街闤市遍尋呼乃知下榻在大宅
囊縮籐笈堆階除方牀冷滑赤花簟小槅瓌瓏碧紗幮
骨董嵌壁如列肆㢘空小竇攢圭窬主人不嗔客襛纖
束帶揖我降階趨先生解衣盤薄臝水晶靉靆遮雙矑
手握葉子若羽扇十十五五排齟齬未暇掉頭共一語

心討博進但愁獻主人傻指向我迯眛雉久獲騷壇俱
客歲寒孟偶駐展大飲十日會氈爐昨聞中丞移制府
特命待詔迎
鑾輿是眞名士不易得覶縷告君君知無僕也瀝耳甔
然起仳傕那足識閶娵但聞建業官蝟集差遣營構無
朝晡趯趛駿馬選白義訬婧美人求赤烏龍舟鳳艒嗤
狹陋臨春結綺嘶村粗貞松文梓樅柏檜白狼赤豹麞
麐麔呼烟叱日舞渾脫擲繩嗅鐵緣都盧格五吾邱射
覆朔下及優伶與侏儒
行在供具無不備豈可獨少文學徒況今

天子重經術蒲輪鶴版周海隅傳巖山中釋胥靡朝歌市上提廢屠紛紛俱挾買臣策人人若棄終軍繻先生風雅蓋宇內一字堪珍百琲珠五玉三帛預徵典赤帝陰羽早按圖不用索米長安市便可珥筆承明廬大勝湖海作道客奔走文字飽妻孥先生搖首曰不爾懸門腐鼠吾奚圖昔年壯歲且却聘舉鴻博（不應）霜雪況已盈顛顱蘭簿方悅足新鬼（謂全椒章晴川吳岑華蕪湖施澹吟輩）薜衣敢復移故吾古來文章本小技報國安用此區區黃竹之歌白雲曲廟廊賡和難形摹金門委佩非吾事明當卽返愚谷愚讕語未終褻屐錯滿堂扇拂衣襆蒲銅盤芥未屑

寒餧鎮燈楸架明高爐樺皮燭未盡三寸缸面酒已騰
百甒珠蘭茉莉香馥馥京颸爽若傾水壺泙蓬蹤跡真
可笑華筵飲罷旋分裾蔘蔘朝鼓啓魚鑰城頭缺月懸
彎弧

周仲偉過訪留宿二首

旅懷入窮冬百感攢中腸兀坐局室內寒牖昏無光有
客叩我門意氣何軒昂拂君鶴氅裘進我崑崙觴酒酣
各嘆息相顧重旁皇駃騠無兩轅竈下雞騰驤鳳皇未
千仞空自鳴歸昌飲罷更促膝讕言宵漏長
漏長言未終寒燈翳短穗枯蕪藉繩牀敗絮搜簏筒泥

爐撥殘灰破屋鳴朔吹客子無甘寢主人空長喟方寸干間厦寤寐九州被平生好大言此願何時遂晨雞未三唱請君且安睡

贈門人葉奕彰三首

丹鳳鳴歸昌轂音已如簫孤桐挺百尺雅節何翹翹緊余抱鈍拙燭武精旣銷所願錦帶士羣建畏壘標古人重令德束修屏浮囂禔躬苟不渝青紫如承蜩

詩人感城闕挑達戒青衿讀書先器識守道在黙沈大璞産良玉巨廾育精金光氣寀久藏國寶羣所欽摭華而棄實膚立何以任

高樓臨大道中有讀書堂枇杷布翠幄薜荔緣青牆誰
誦達夜分一燈共熒煌身世感飄蓬千里空裹糧征衣
拂緇塵百感何茫茫首歲疲中路開冬歸舊疆不惜歲
月晚所嗟經籍荒持此以共勗庶幾同行藏

贈蘇秀才翊君五首

絲雨微風趁暮烟湘簾棐几對新編眉山家法應常在
馬券憑君休浪傳

金石爭誇碧眼胡秦碑周鼓久模糊紛紛贋鼎何樓下
獨認宣和舊日圖

繡褫錦贉淨無塵插架參差品第新珍重莫將寒具手

汚他小篆玉麒麟

孤青澗白自娟然容貯空梁又幾年磚塔全銘無恙否闌情只有鄭松蓮翊君家藏磚塔銘原刻松蓮亟賞之每寓書必曰磚塔銘無恙否

吮豪空自號詩顛難乞人間九府錢聊趁漸江春水闊共君一泛米家船

韋五葯仙自金椒歸即赴省試賦贈四首

相思忽相見相見復匆匆但愁易判袂未暇問行蹤去年别君時白晢頤頷豐如何甫經歲蘖顏多悴容乃知行役客銷精如在鎔執手各嘆息憂心俱忡忡

我遊客君里君歸自我鄉瑣語欲互詢端委不易詳古

人重弧矢所志在四方安能偕婦孺朝夕棲帷房但悲
壯盛年流光擲路旁齪齪轅下駒矯矯雲中凰百里息
廬舍千里空翺翔

皎皎明月光峩峩石頭城送君浮大江怒濤無停聲行
者歌慨慷送者意屏營仰視蒼旻高晴雲晻上征秋燈
照客夢中夜若爲情

素娥處桂宮下土求其儕結璘以爲使寒簧以爲媒八
萬四千戸各自誇聳才顧影向蟾兔五步一徘徊清虛
廣寒府雙扉東南開待君駕青鸞相攜登瑤臺

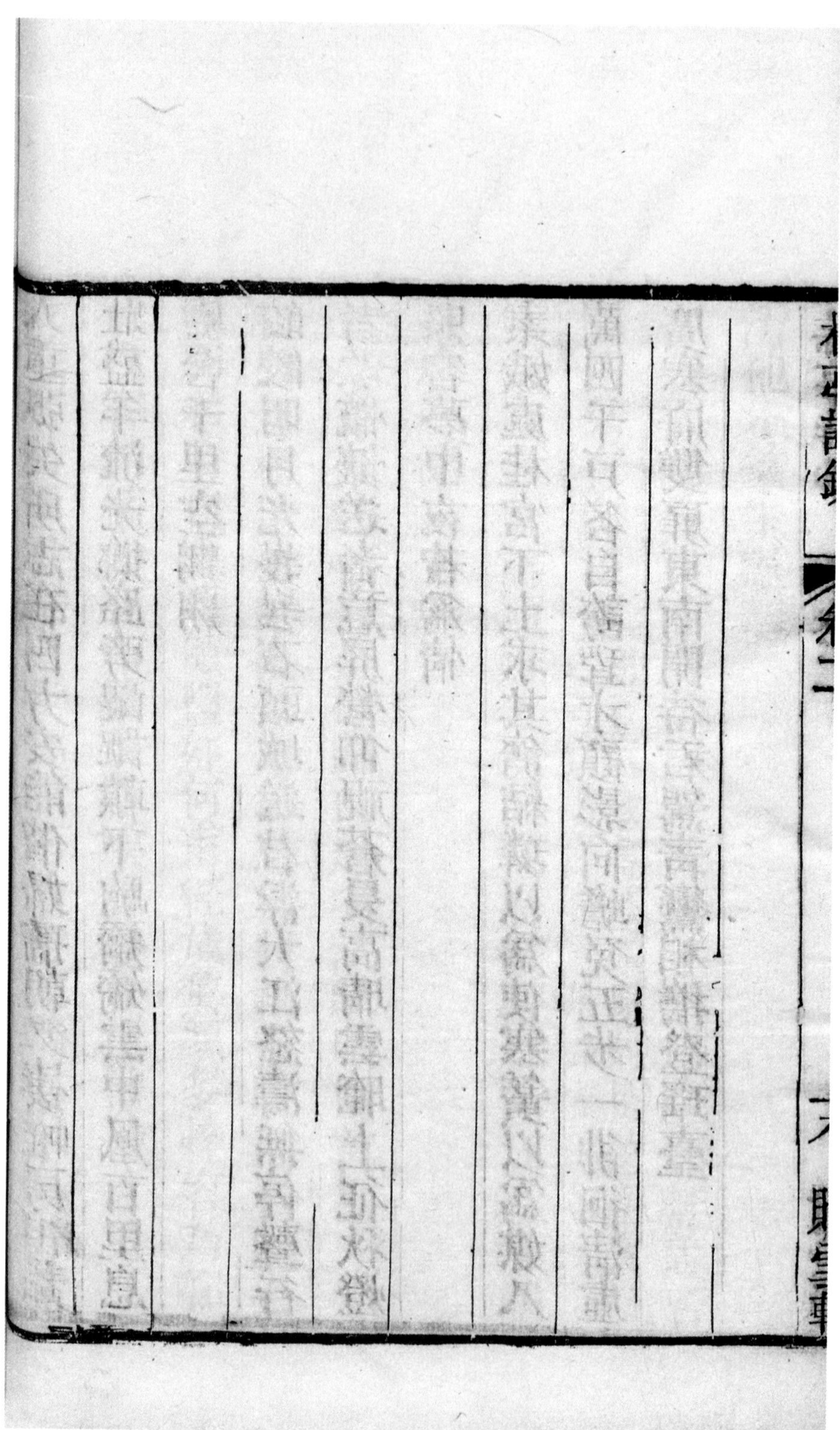